VERSCHWINDEN IN LAWINEN

Bibliografische Information der Deutschen Nationalbibliothek

Die Deutsche Nationalbibliothek verzeichnet diese Publikation in der Deutschen Nationalbibliografie; detaillierte bibliografische Daten sind im Internet über http://dnb.dnb.de abrufbar.

2. Auflage

Umschlagbild: SOL_H-2012, 35 x 25cm © Conrad Jon Godly
Umschlaggestaltung: BoutiqueBrutal.com
Druck und Bindung: GGP Media GmbH, Pößneck
ISBN 978-399027-273-2

FSC www.fsc.org MIX Papier aus verantwortungsvollen Quellen FSC® C014496

ROBERT PROSSER

Verschwinden in Lawinen

Roman

JUNG
UND
JUNG

Für Kilian

Für Jeremias

These words are everything
or maybe words are just my only thing

Jonwayne

1

Wenige Stunden waren seit der Lawine vergangen. Am Himmel kreiste ein Reiher, in flachen Strahlen fiel die Abendsonne durch Wolkenfetzen. Wind brachte Bewegung ins Tal: Schneewirbel, flirrendes Licht.

Xaver wählte die Abkürzung über das Feld, machte kleine Sprünge. Wachsame Blicke, zwanzig Prozent Vogel. Laut dem Buch, das er gerade las, zählte zu den grundlegenden Übungen der Schauspielkunst, ein Tier mit der eigenen Persönlichkeit zu mischen, fünfzig Prozent, sechzig, derart gewöhne man sich die für eine Rolle nötige Achtsamkeit an. Der Reiher, eben durch die Luft gekreist, hüpfte nun einen Feldpfad entlang. Vielleicht half es, sich für die bevorstehende Messe als ein Tier zu imaginieren, das meist alleine blieb, still am Bach ausharrte; ein gleichmütiger Räuber.

Das anfängliche Gerücht – oder vielmehr war es eine Beobachtung gewesen, ein Rettungshubschrauber zwischen zwei Gipfeln, das Rattern aus der Ferne kaum hörbar – hatte sich rasch bestätigt: An einer abgeschiedenen Flanke des Greits, dieses höchsten Berges, seien zwei Schifahrer verschüttet worden, Jugendliche aus dem Ort, und schließlich erreichte Xaver, der an diesem Tag an der Gondelstation arbeitete, die Nachricht, dass es sich um seine Nichte und deren Freund handle. Wie konnte man im freien Gelände nur so leichtsinnig sein, dachte er in hilflosem Ärger und ließ das Springen bleiben. Aber, sagte er sich dann, knapp vor Frühlingsbeginn, eine der letzten Gelegenheiten, die Spur in einen Hang zu ziehen ... Von der Terrasse des *Hotel Tyrol* reckte ein Mann neugierig den Kopf zur Kirche, fotografierte die am Vorplatz versammelten Menschen. Hier der Tourist, der ahnte, dass sich etwas Besonderes zutrug, dort die Einheimischen, die so taten, als gäbe es den Beobachter nicht. Xaver querte die Straße, trat in die Menge. Das gesamte Dorf schien sich eingefunden zu haben, er sah vertraute Gesichter und solche, die ihm höchstens vage bekannt waren. Zwölf Prozent, fünf, wie gebärdete sich bloß ein Reiher? Krächzte er, schnatterte, war das überhaupt ein Einzelgänger? Würde er grüßend mit dem Schopf rucken? Nein, einen fernen Punkt anvisieren. Xaver schüttelte das Mantelgefieder, glaubte sich dabei von Kopf bis Fuß gemustert: Grübchen im Kinn, fuchsigbraune Haare, ist das nicht der ... Da tönte die Turmglocke; die Gespräche wurden ein Wispern.

Xaver hatte sich vom Dienst abgemeldet und war in das Krankenhaus der nächstgelegenen Stadt gefahren. Bleich und schmal, ausgebrannt zu einem flüchtigen Rest, hatte ihn seine Schwester erwartet, in ihren Augen etwas Fremdes, Neuartiges. Angst, begriff er. Danke, dass du kommst, sagte Marlen, doch dürfe kein Besuch auf die Station. Sie sprach von einer gequetschten Lunge und Schädeltrauma, dem Halswirbel. Er umarmte sie, ihr Flüstern im Ohr, sie drehe fast durch, die Tochter auf der Intensiv und der Bub noch vermisst. Das wird, hatte er gesagt, wird sicher alles gut. Was für idiotische Phrasen.

Stehen, knien, sitzen. Aus allen Mündern: Amen. In der ersten Reihe hockten die Eltern des Jungen. Das Murmeln im Rücken, das Rascheln der Kleidung, bewies ihnen die vereinte Unterstützung. Zur Kommunion bildeten sich zwei Reihen, eine vor dem Pfarrer, eine vor dem Diakon. Am Weg zurück wurde Xaver wieder von links wie rechts betrachtet. Er blickte zu Boden, löste mit der Zunge die Hostie vom Gaumen. Er dachte an die Lawine. An dieses Phänomen und was es bedeutete. Das Knacken, als ob ein jagendes Wesen aus dem Gebüsch bricht, der Riss im Schnee, sekundenschnell wächst eine Gewalt, die abwärts stürzt und alles frisst, auch die Luft zum Atmen.

Man möge Noah und Tina in die eigenen Gebete aufnehmen, bat der Pfarrer zuletzt und machte über dem Altar das Kreuzzeichen. Die Gemeinde erhob sich, strömte hinaus. An der Ecke zur Totenkapelle lehnte Flo, ihre Blicke begegneten sich. Mit den Fingern formte Flo eine Pistole, zielte auf Xavers Stirn. Er ahmte die Geste nach, wollte sich eben zu seinem Freund drängen, als durch die Sakristei eine dunkel gekleidete Gruppe ins Freie kam. Noahs Familie. Ein Junge von etwa zehn Jahren hatte dieselben hohen Wangenknochen wie der Abgängige, bestimmt war es der kleine Bruder. Xaver wandte sich um, denn schon im Spital hatte er nichts Sinnvolles hervorgebracht. Flo war von der Menge geschluckt worden, und er selbst tappte verunsichert über den Kies, ein Reiher im falschen Revier.

*

Xaver wanderte hinauf zum Haus der Schwester, über dem Dorf am Nordhang gelegen. Auf dem Esstisch zwei Teller mit Schnitzelresten, graues Fleisch unter vertrockneter Panier; die Nachricht hatte Marlen und ihren Mann beim Mittagessen überrascht. Er räumte das Geschirr in den Spüler, schichtete Holz in den Kachelofen der Stube und suchte, während das Feuer loderte, Tinas Zimmer. An einer Tür im zweiten Stock klebte ein dreieckiges Schild, ein Totenkopf und die Warnung: *Keep out*. Das musste es sein, vorsichtig drückte er die Klinke. Wie wenig er von seiner Nichte wusste, dieser Gedanke ließ ihn seit dem Spitalsbesuch nicht los. Auf dem Teppich lagen Schulbücher und Kleidungsstücke verstreut; zwischen Kakteen standen am Regal gerahmte Fotografien, Tina am Berggrat, die Schistöcke wie ein Geweih an den Helm gehalten, oder bei der Feier zu ihrem Geburtstag: eine Baiser-Torte, darauf in Gold die Zahl 16, ihr lachendes Gesicht, umringt von Freunden. Über dem Bett waren die gesplitterten Hälften eines auffällig breiten Schis an die Wand genagelt. Seit letztem Winter hatte Tina einen Sponsor, eine Sportmarke, die Kleidung und Material bereitstellte, darunter diese Bretter, fast zwei Meter lang, Bambuskern, und an den Enden aufgebogen; damit fährst du durch den Tiefschnee wie ein Zug, hatte sie Xaver vorgeschwärmt. Schau, wie leicht die sind.

Zerbrochen war der Schi während eines Wettbewerbs, nicht weit von der Gondel. Juroren bewerteten die riskantesten Linien, vom Gipfel die Klippen hinab. Die Arbeit ließ Xaver genug Freiheit, um einige Läufe zu verfolgen. Er war ein sogenannter Springer, half bei den Liftstationen aus oder kümmerte sich um den Zustand der Pisten, eine Schaufel geschultert, um Eisbrocken wegzuräumen. Im Zielgelände war zwischen flatternden Werbefahnen ein DJ am Werk, eine Hand an der Laptoptastatur, die andere zum Beat wippend in die Luft gestreckt. Xaver versuchte, den winzigen Punkt zu verfolgen, der in einer Felsrinne verschwand, mit einem Satz wieder auftauchte, als er von einem drahtigen Jungen angesprochen wurde. Du bist der Schauspieler, sagte er, als würde Xaver nicht in der auffälligen, rotgelben Arbeitsmontur stecken. Er sei Noah, Tinas Freund, habe die eigene Abfahrt schon hinter sich. Wie ein Großteil des Publikums trug auch er eine weit geschnittene, neonfarbene Jacke und auf der Stirn eine Brille mit verspiegelten Gläsern. Die Kleidung erinnerte Xaver an das Snowboarden seiner Jugend. Sogar die Musik war annähernd dieselbe, mit Electro aufgepumpter Rap. Noah lachte darüber. Nur die Alten snowboarden noch, so Vierzig plus, sagte er, aber sorry, keine Ahnung, wie alt du bist.

Xaver öffnete die Balkontür. Ein Eiszapfen hing vom Dachbalken; einmal angetippt und der Zapfen fiel auf die Terrasse, zersplitterte. Der Blick Marlens. Wie sie ihn angesehen hatte bei seiner Ankunft im Warteraum. Er nestelte das Smartphone aus der Tasche, nach kurzem Läuten hob sie ab. Dass sie gerade von der Besprechung kämen, erzählte sie, Tinas Werte seien stabil, kein Wirbel gebrochen, und er schloss die Augen, atmete erleichtert aus. Das Schnippen eines Feuerzeugs war zu hören, ein Paffen und vielleicht, Xaver horchte angestrengt hin, ein unterdrücktes Weinen. Sie lehnt an einer Mauer, stellte er sich vor, in den Fingern die Zigarette, und konzentriert sich ganz auf seine Stimme, die eine Art Stütze sein kann. Der Geschirrspüler läuft, sagte er. Eingeheizt hab ich auch.

Er ging durch das Zimmer, über den Flur. Die Stufen hinab schimmerte im Dunkel ein Gamsgeweih. Er könnte die über alle Stockwerke verteilten Trophäen ansprechen: Dein Mann ist nicht gerade zierlich, wie schafft er es denn auf einen Hochstand? Vielleicht half eine Stichelei, um seine Schwester abzulenken, für einen Moment zumindest. Im Spital hatte sich die Schiebetür zur Intensivstation geöffnet, und Paul war durch die Schleuse getreten. Auch er erschöpft, oder nein, verkümmert. Nichts mehr da von seinem einschüchternden Gehabe. Er hatte Marlen an sich gezogen und sie geküsst; dass seine Schwester auf eine solche Vertrautheit zählen konnte, beruhigte Xaver.

Paul, Bauunternehmer und Spross des Veithofs, eines der größten Hotels der Gegend; Marlen, die hiesige Tierärztin: ein Paar, das die Geschicke des Dorfes mitgestaltete, es spiegelte sich in der Geschäftigkeit, die im Haus für gewöhnlich herrschte. Wie sonderbar verlassen es hier nun war. Kein Geräusch außer dem Knistern des brennenden Holzes, das aus der Stube drang.

Gibt's Neuigkeiten von Papa?, fragte Marlen, und er berichtete vom letzten Telefonat. Die Bar, die er in einem Münchner Vorort führte, sei wie eine Alm eingerichtet, Mittwochabend gebe es Karaoke und die Shots hätten Namen wie *Kesse Liese*.

Ich muss ihn anrufen, sagte Marlen.

Und Mama?

Wie denn, hat ja kein Handy.

Hast sie mal gesehen?

Lass mich denken, sagte Marlen mit vom Rauch gedrückter Stimme. Im Herbst bin ich an der Hütte vorbei, aber sie war nicht da.

Für einen Moment spürte Xaver einen Stich, verletzter Stolz oder ein trotziger Impuls, weil die Mutter sich einfach davongemacht hatte, zurückgezogen in irgendeinem Winkel am Greit hauste.

Soll ich noch die Patienten versorgen?, fragte er und erhielt ein bejahendes Räuspern zur Antwort.

Entlang der Kellerwand, neben gestapelten Säcken Milchpulver, eine Reihe von Käfigen. Umrisse bewegten sich, Xaver wurde von einem erwartungsvollen Bellen begrüßt. Nur zwei der Käfige waren besetzt. Eine bettelnd mauzende Katze mit eingegipstem Hinterlauf, deren Besitzer die Rechnung nicht zahlen wollte, und ein Dackel, der in einem Hotelzimmer zurückgelassen worden war. Xaver füllte Wasser nach, schüttelte die Futtermischungen aus Kartons. Während er die Katze streichelte, berichtete er Marlen von der Messe. Durch eine Metalltür gelangte er in die Ordination. Es erinnerte an ein Bühnensetting: Auf den Ablagen Schachteln mit Einweghandschuhen, in einer Ecke Gummistiefel, mistschwarze Strohhalme klebten an den Sohlen, Poster zeigten kuschelnde Meerschweinchen, galoppierende Pferde; ein Schreibtisch, an der Wand eine Collage aus verschiedenen Fotos, in der Mitte ein Tisch aus Edelstahl. Er klemmte das Smartphone zwischen Schulter und Wange, nahm den weißen Kittel vom Haken. Dr. House vielleicht oder Dr. Meredith in *Grey's Anatomy*? Eben hatten die Proben für das nächste Stück begonnen, zum vierten Mal machte Xaver mit. Wie viel Freude ihm das Spielen bereitete, davon könnte er Marlen erzählen. Sie aber war schneller: Ich fürchte, jemand kommt noch um ein Medikament vorbei. Hättest du Zeit? Verzeih, dass ich dich um so viel frag, hab vergessen, abzusagen.

Kein Problem, ich bin da.

Er betrachtete das Gemälde, das neben dem Fenster hing. Steinbock auf Felsbrocken, die Hörner drohten dem gewittrigen Himmel, ein klassisches Sujet.

Das Bild kenn ich gar nicht, sagte er, wo hast denn das her?

Ist von Paul, sein neues Hobby.

Schön.

Er verkniff sich eine gehässige Bemerkung, Marlen aber hatte aus seinem Tonfall die Absicht erraten.

Sie kicherte, sagte: Kein Dreieck, trotzdem.

Einmal war er mit einer Freundin hier gewesen. Fasziniert vom Ausblick auf den Greit hatte sie, die Touristin aus Dortmund, Marlen gebeten, ihre Staffelei aufbauen zu dürfen. Bei ungewöhnlich klarer Luft waren Geröllhalden und Felszacken mit freiem Auge sichtbar. Schließlich zeigte die Leinwand ein Dreieck. Schwarze, fette Striche, wie mit dem Lineal gezogen. Xaver fand es beeindruckend. Nicht weil er verliebt war (das war er), sondern weil es eine Bedeutung darstellte, die über das Symbol eines Berges hinausging. Das Kunstwerk bewies die durchschlagende Kraft der unmittelbarsten Geste; eine innere Wahrheit, auf das Allernötigste, eine rätselhafte Form reduziert, gleich einer chinesischen Kalligrafie (rückblickend musste er zugeben, wirklich sehr verliebt gewesen zu sein).

Tagelang Malen, sagte Marlen, und am Ende ist aus dem Greit nichts als ein Dreieck geworden. Verkaufen sich ihre Bilder wenigstens?

Bestimmt. Also, wer kommt vorbei?

Er betrat das Kabinett, das Marlen als Depot diente. Knisternd zuckte die Röhre an der Decke.

Ich bin mir sicher, sagte Marlen, dass du wegen der

Künstlerin diesen dummen Schnauzer trägst, den hast du dir doch damals wachsen lassen.

Er lachte auf und öffnete den Schrank. Tablettenpackungen, säuberlich gestapelt, daneben Fläschchen aus bernsteinfarbenem Glas mit dunklem, flüssigem Inhalt.

Die Ampullen, sagte sie, sind mittig rechts, drittes Fach, nimm die grüne Packung. Das ist wichtig, unbedingt die grüne. Die Spritzen sind in der Lade, eine genügt.

*

Er wartete draußen. Das Dorf ein Nest heller Punkte in der schwarzen Talsenke. Scheinwerferlicht warf Schneisen über die Feldhänge. Verschwand im Wald, tauchte aus der Kurve wieder auf. Ein Fiat Panda hielt vor der Garage. Xaver erwiderte das Lächeln der alten Frau, die hinter dem Steuer saß.

Servus, Moserin.

Fescher Doktorkittel, sagte sie und tippte beim Aussteigen auf den geblümten Schurz, der unter ihrer Jacke hervorlugte: Fast so fesch wie meiner.

Sie drehte sich eine Zigarette, bot ihm den Tabak an. Hab mir gedacht, ich schau her, sagte die Moserin entschuldigend, ich kann nicht länger zuwarten, eins meiner Viecher erholt sich nicht.

Passt schon, sagte er und gab Marlens Anweisungen weiter: Ampulle schütteln, aufziehen, in den Hals spritzen. Sollte gegen die Lungenentzündung helfen, aber falls es nicht besser wird, nimm die zweite Ampulle.

Sie nickte. Arme Tina. Aber wird sicher wieder.

Wird wieder, sagte Xaver und reichte ihr Medikament und Kanüle.

Hoffen wir, dass der Bub zurückkommt.

Hoffen wir.

Rauchend standen die beiden nebeneinander. Kalt ist's, sagte er, und sie brummte zustimmend. Dein Großvater, sagte sie, um die Stille zu überbrücken, hat meinem Mann früher gern mit der Polizei gedroht. Der hat oft Jauche in den Bach geleitet. Ein Sauhund war er, muss ich zugeben.

Xaver spähte nach dem Friedhof. Unten im Tal das rote Glimmen der Grabkerzen. Zwei Jahrzehnte ruhte man dort, nach Ende dieser Frist wurden die Gräber aufgelöst, um Platz für die neuen Verstorbenen zu schaffen. Konrad blieb noch etwas Zeit. Xaver wandte sich um, sah auf das Haus, die einstige *Pension Guna*, nach der Familie benannt und beworben mit gemütlichem Ambiente, sonniger Lage. Wo jetzt die Ordination war, hatte sich Großvaters Tischlerei befunden. Das Dach erhöht, die Terrasse erweitert, das Innere entkernt, Marlen hatte die Vergangenheit gründlich beseitigt. Für Xaver aber flackerte das alte Gebäude weiterhin durch das jetzige, eine geisterhafte Erscheinung: Ganz oben die eigene Wohnung, im zweiten und ersten Stock je einmal Bad und Toilette sowie drei Fremdenzimmer; im Erdgeschoss Speisekammer, Küche und die Stube für Frühstück und den allabendlichen Umtrunk; im Keller die Werkstatt, in der Konrad nach dem Pensionsantritt noch kleinere Möbelstücke fertigte. Samstags der Wechsel, die vorigen Gäste verabschiedeten sich, frische trafen ein, dieser Rhythmus diktierte Xavers Aufwachsen. Ein holländisches Paar wusste um seine Begeisterung für Dinosaurier und brachte im nächsten Winter eine T-Rex-Figur mit, und der Deutsche, dem er wieder und wieder von dem Musketierfilm erzählt hatte, schickte per Post ein Zorro-Kostüm für den Fasching.

Anna ermahnte ihn, die Urlauber nicht zu belagern. Er hatte leise, ja unsichtbar zu sein. Wie ungerecht, die Fremden konnten tun, was sie wollten. Diese vorauseilende Sorge wurde besonders bei den Stammgästen deutlich. Stand eine solche Ankunft bevor, saugte Anna die Treppe, scheuerte Badewanne und Waschbecken und putzte alle Fenster für die perfekte Aussicht, die Handtücher wusch sie bei sechzig Grad. Reisten sie nicht im eigenen Auto, erwartete Vinz die Urlauber an der Bushaltestelle hinter der Kirche, um sie das letzte Stück zu chauffieren. Konrad stieg mit der Zither aus der Werkstatt herauf. Die Stimmung war so gespannt wie zu Weihnachten, bloß kam anstelle des Christkinds der Zahnarzt aus Frankfurt, dessen Ehefrau einen waldgrünen Trachtenjanker und um den Hals ein weinrotes Seidentuch trug.

Als Willkommensessen wurden Forellen aus der Kühltruhe geholt und von Anna in Butter gebraten. Schurz umgebunden, Pfanne in der Hand, trat sie in die Stube. Ihr müsst mit der Messerspitze die Wangen rauslösen, sagte sie, es ist das beste, zarteste Fleisch, ein Gedicht. Konrad versprach, zum Dessert die Saiten zu zupfen, und nachdem Anna die Teller mit den Fischgräten abserviert hatte, war Vinz an der Reihe; der Herr des Hauses, verkündete er, Schnapsflasche und Stamperlgläser auf einem silbernen Tablett balancierend. Er stammte aus einer niederbayrischen Kleinstadt, und bei manchen sorgte das für Irritation, schmälerte das Vergnügen, in einem Tiroler Haushalt zu urlauben. Wenn Vinz jedoch beim Spiel der Zither erzählte, als Kellner ein unstetes Leben geführt zu haben, ehe er sich in die Tochter eines musikalischen Tischlers verliebte, hatte er alle Sympathien wieder gewonnen.

Die Moserin sagte: Ich weiß noch, wie Anna einem eurer Gäste so den Kopf verdreht hat, dass der gar nicht mehr heimgefahren ist.

Der Ausdruck in ihrem Gesicht war schwer zu deuten, bewundernd und missgünstig in einem: Der Trottel wollte sich hier als Schilehrer durchschlagen, damit er in ihrer Nähe ist. Dein Vater hat das gar nicht mitbekommen, obwohl er noch im Haus war. Versonnen zog sie an der Zigarette. Was treibt der eigentlich?, fragte sie.

Xaver erzählte, dass Vinz sich als Barbesitzer selbstständig gemacht habe. Demnächst dürfe er in Rente. Aber wer nichts wird, wird eben Wirt, und das bis zum Tod. Das sage er selbst.

Ist hier nie heimisch geworden, dein Vater.

Leider.

Hat ihm offenbar nicht bei uns gefallen, sagte die Moserin und schnippte die Zigarette fort.

Nachdem sie sich verabschiedet hatte, hängte Xaver den Arztkittel zurück in die Praxis. Im Stubenofen war das Feuer heruntergebrannt, er schloss das Türchen. Ein letzter Kontrollgang, ob auch alle Lichter gelöscht waren. Seine Wohnung lag Richtung Gondelstation, zwei Zimmer mit Einbauküche. Er musste die Straße hinab, zurück zur Kirche, von dort zu Fuß eine gute Viertelstunde weiter.

Hinter dem Haus, Wiesenhang und Wald überragend, die Umrisse des Greits. Verdichtetes Dunkel, in den Himmel geschoben, und der Grund für Xavers Nervosität. Er wusste, was die Familie von Noah durchmachte. Sein Großvater war ebenfalls verschwunden. Nicht im Winter, sondern im Sommer, nicht im Schnee, doch auch auf diesem Berg. Xaver dachte an die damaligen Messen, die mitleidigen Blicke und Beteuerungen, dass Konrad bald zurückkehre ... Als wären seither nicht Jahre vergangen, spürte er im Bauch dieselbe Ohnmacht. Wie gut ein Körper Erinnerung speichert. Zum Warten verdammt. Zum Hoffen. Auf eine Nachricht, die Erlösung von der Ungewissheit.

Es hatte alltäglich begonnen: Er trank in der Küche ein Glas Wasser, draußen knallten Freunde den Fußball gegen das geschlossene Garagentor; das Telefon klingelte, eine Verwandte aus dem Nachbartal erkundigte sich nach Konrad. Nach einer Hochzeitsfeier habe er bei ihr geschlafen und sei morgens los, um entlang der Forstwege zurückzuwandern. Ich wollte, dass er mit dem Bus fährt, aber auf mich hört er nicht, sagte sie. Sei so gut und schau nach, ob er schon eingetroffen ist.

Xaver ging in die Werkstatt, doch da war niemand. Abends schnappte er Fetzen eines anderen Telefonats auf: Sie sei sich nicht darüber im Klaren, sagte Anna, ob man zweiundsiebzig Stunden warten müsse, doch, ja, er werde vermisst, das wolle sie anzeigen. Mitte Achtzig, aber rüstig, vielleicht war er auch einfach nur in einem Gasthaus hängen geblieben.

*

Der nächste Morgen. Nebel und der Geruch nach verbranntem Holz. Xaver warf sich die Arbeitsjacke über. Knallrot, diagonal ein Streifen in blitzendem Gelb, auf dem Rücken der silberne Schriftzug des hiesigen Schigebiets.

Das Auto verröchelte etliche Male. Lass mich nicht hängen, flüsterte Xaver und tätschelte, als der Motor des Opel Kadett endlich startete, zufrieden das Armaturenbrett. An der Kirche zweigte er in Richtung Höhenstraße ab. Vorbei an Marlens Haus und weiter bis zu einem Forstweg. Auf der gegenüberliegenden Talseite wölbten sich hinter einem der Gipfel riesige Wolken, ein zorniges Grau, von dem sich die Liftsäulen und schwebenden Gondeln abhoben. Wie verwunderlich, in jeder dieser Winzigkeiten hockten maximal acht Wintersportler. Zwischen braunen Wiesenflächen das weiße Band des Kunstschnees, ein grässlicher Anblick. Langsam, um Schlaglöchern auszuweichen, durchquerte Xaver den Wald. Am Ende der Schotterstraße die Alm. Davor stand Peter, in Gummistiefeln und blauem Mantel.

Wirst nicht glauben, was ich erfahren hab, sagte er und deutete auf die moosigen Schindeln des Stalldachs. Eternit, haben doch alle verwendet. Aber jetzt heißt's, es ist Asbest drin und muss entsorgt werden, ohne dass es staubt. Wie soll das klappen, wer soll das zahlen?, fragte er.

Muss sein, du willst doch nicht mit Gift leben.

Aus dem Handschuhfach kramte Xaver das Messer, eine lange, hauchdünn geschliffene Klinge.

Als ob ich je krank bin, erwiderte Peter. Vierundsechzig werde ich, aber nichts fehlt mir. Die Brunnerin bringt Arnikatinktur, mehr braucht es nicht.

Das Messer legte Xaver auf die Mauer vom Misthaufen. Er schob den Riegel der Stalltür zur Seite, die Glocken der Ziegen klangen schreckhaft auf. Geruch nach frischen Spänen, im tierwarmen Dunkel schimmerte der Boden; Peter hatte gerade ausgemistet. Ein Schwall eigentümlich dichten Gestanks wallte ihnen entgegen. Über den Brettern eines Verschlags war ein tieferes Schwarz zu erkennen, eine Gestalt mit langen, geschwungenen Hörnern. Peter drückte den Schalter, und an der spinnwebverhangenen Decke leuchtete die nackte Glühbirne auf. Am Rand des Lichtkegels das graue Tier.

Hallo Lex, grüßte Xaver und kraulte die Stirn des Bocks. Der schüttelte sich, Schatten der Hörner zuckten über die Wände. Ein freilaufendes Kitz sprang Xaver an, verspielt bäumte es sich auf. Er nahm es hoch, streichelte das braune, weiß gemusterte Fell.

Das Kleine, ja, warum nicht, sagte Peter und packte eine der angeketteten Ziegen am Hals. Na, rief er, na, bist ruhig. Die hier sei ihm oben in den Bergen abgehauen. Nach über einem Jahr hab ich sie wieder gefunden, verwildert wie eine Gams war sie. Ehe er die Ziege freiließ, sagte er ihr mit offensichtlichem Stolz: Du Sauviech.

Er deutete auf eine andere, groß und unbehornt und mit weißem Fell: Die trägt nicht, es gibt keinen Nachwuchs. Er kratzte sich im Bart. Machen wir heut die zwei. Die Brunnerin kommt gleich, du schaust dann auf einen Kaffee zu uns, ja?

An der Tür drehte er sich noch einmal um. Du, wenn das jetzt nicht sein soll, kein Problem. Hab gehört, dass das Mädchen auf der Intensiv liegt.

Passt schon, sagte Xaver. Sonst sitz ich nur daheim und denk zu viel nach.

Vergeblich tastete er die Taschen ab, trat wieder hinaus. Durch leichten Regen lief er zum Auto, fand auf der Rückbank das etwa zwanzig Zentimeter lange Stahlrohr mit der Aufschrift *Blitzer*. Das Kitz hielt er währenddessen im Arm. Beim Misthaufen stellte er es zu Boden, setzte ihm den Apparat mittig auf die Stirn. Er drückte ab, mit einem Ploppen schoss der Bolzen heraus. Ein Zucken wie von einem Stromschlag, die junge Geis gab einen klagenden Laut von sich, der schnell erstarb. Es roch metallisch, nach Kordit. Xaver tauschte den Schussapparat gegen das Messer. Ein Stich in die Kehle, die Schneide nach vorn gerichtet, eine rasche Bewegung, vom Blut blieben dunkle Spritzer auf der Mauer. Er presste das Tier zu Boden, wartete, bis das Zittern aus den Nerven war. Im Ausgeistern scharrten die Hinterbeine, und der Kopf wollte sich nach oben recken; aus der klaffenden Wunde tropfte es in den Mist.

Im Stall band er der großen weißen Ziege das Glöckchen ab. Die erste ließ sich immer leicht führen, die zweite aber hatte verstanden. Sie stemmte sich dagegen, plärrte, die Zunge gestreckt. Er zerrte sie an der Halskette zu dem toten Kitz, das in einer schwarzen Pfütze lag. Die schreiende Geis zwischen den Knien, fluchte er, denn er hatte vergessen, neu zu laden. Er riss die Kette zurück, und das Meckern wurde tiefer, mit der anderen Hand fingerte er in der Tasche nach einer Patrone. Nicht die mit dem gelben Punkt, wie für das Kleine, keine rote, die er noch nie verwendet hatte, denn damit konnte man einen hunderte Kilo schweren Stier erlegen. Er brauchte eine mit grüner Markierung.

Gelernt hatte er es von Anna, sie wiederum war von Konrad unterrichtet worden. Fehlten die Gäste, verdiente man mit dem Schlachten das Nötigste. Manchmal hatte sich eine Ziege oder ein Schaf zu sehr gewehrt und den Kopf freibekommen, sodass der Bolzen nur die Wange erwischte. Xaver auf dem verletzten Tier, daneben Anna, die nervös den zweiten Schuss vorbereitete; er hatte es gehasst, das eingetrocknete Blut unter den Fingernägeln, der Geruch, der sich noch am nächsten Tag nicht abwaschen ließ.

Er wuchtete sich die Ziege auf die Schultern. Je kälter ein geschossenes Tier, umso mehr wog es. Als wäre das die letzte Strategie, eine klägliche Art von Weiterleben: sich so schwer wie möglich zu machen. Unter leisem Schimpfen trug er sie zum Nebengebäude. Wenn du erwachsen bist, möchte ich von den Toten wiederkehren, hatte Konrad gern gesagt, nur für ein paar Minuten, um zu sehen, was aus dir geworden ist. Er würde sich wundern, dachte Xaver.

Von seinen Schultern glitt die Ziege in den Schnee. Mit der Messerspitze ritzte er ihre Hinterbeine bis zu den

Hufen auf, zog die Haut von den blassen Sehnen. Er öffnete die Metalltür, drückte die Fernbedienung an der Wand, und von der Deckenwinde ratterte ein doppelter Haken. Er schleifte die Ziege über die Schwelle, steckte je eine Hakenspitze durch die Wadenknochen. Rasselnd fuhr die Kette wieder hinauf. Mit geblähtem Bauch hing das Tier in der Luft. Xaver schnitt ihm die gelben Kennmarken aus den Ohren. Darin eingestanzt die Nummer, unter der es bei der Behörde erfasst war. Letztens hatte ihn Marlen angerufen, in einem Stall habe sie eine Schachtel mit Marken entdeckt, jetzt frage sie sich natürlich, wo die dazugehörigen Viecher seien. Kann mir keiner erzählen, dass die alle abgestürzt sind, sagte sie. Hab ich dir eigentlich schon mal erklärt, was los ist, wenn jemand beim Schießen ertappt wird?

Laut EU-Verordnung durfte eine für den Verkauf bestimmte Schlachtung nicht am eigenen Hof stattfinden, sondern musste dem örtlichen Tierarzt gemeldet und in einem registrierten Betrieb nahe der Landeshauptstadt erledigt werden. Die Bauern nahmen keinen Einfluss mehr auf die Bedingungen, unter denen das eigene Vieh starb. Ihr Unwillen gegen diese Bevormundung erklärte, warum Xaver seine Dienste anbot. Nicht wegen des schnell verdienten Geldes, sondern weil er gebraucht wurde. Und nicht nur das, er wurde dafür geschätzt. Exakt mit *Blitzer* und Messer, ungesetzlich und verschwiegen, so sah er sich, auch wenn er um den eigentlichen Grund wusste: Er war einer der Letzten, die das Schlachten noch beherrschten. Die alten Metzger waren senil oder längst verstorben, und von den Jüngeren interessierte es niemanden. Es schien eine fast vergessene, obsolet gewordene Profession. Wie Bäcker oder Schindelmacher.

Der Schädel fiel in den Eimer. Dann der Euter. Mit der Linken zerrte Xaver an der Haut, die Rechte zwängte er zwischen Fell und Gewebe. Eine leichte Wärme war zu spüren, er schob mit der Schulter nach, es klang, als ob Papier zerreißt, bald war der Körper freigeschält. Ein Stich knapp am Brustbein, ein Schnitt, Blut und Scheiße und Magenflüssigkeit quollen mit den Därmen hervor, ein Klatschen, aufwallender Gestank, ein Plätschern. Es stimmte, dass diese Ziege nie ein Kitz gehabt hatte, milchige Fettschlieren bedeckten ihr Inneres, eine Mutter wäre viel abgezehrter gewesen. Vorsichtig löste er die Gallenblase, trat einen Schritt zurück. Wartete. Lange schon machte er diese Arbeit, doch der entblößte Leib setzte ihm zu. Das fahlrote Herz, die bläulichen Lungen, die braun schimmernde Leber und unterhalb der Rippen die dunkelvioletten Nieren. Er wusste, es war naiv, darüber nachzudenken. Aber wie schnell es ging und wie einfach. Und wie seltsam, dass er dafür verantwortlich war.

Wind fegte körnigen Schnee in die Kammer. Das hohle Knacken aneinanderschlagender Äste, Böen jagten durch den nahen Wald. Zumindest garantierte das schlechte Wetter Tarnung. Manchmal kreuzten Wanderer auf. Der Tourist, der gestern Abend gegenüber der Kirche gestanden war: Er würde auch hier fotografieren oder filmen, weil er glaubte, etwas Ursprüngliches entdeckt zu haben. Alles bereits vorgekommen. Was Xaver daran störte, war nicht, dass er bei einem ungesetzlichen Akt beobachtet wurde, sondern dass er sich auf andere Weise ertappt fühlte. Oder enttarnt, als wäre er tatsächlich ein Mörder, wie die Dortmunder Malerin ihm vorwarf, nachdem er ihr von diesem Nebenverdienst erzählt hatte.

Als auch das Kitz aufgearbeitet war, spritzte er den Raum mit einem Schlauch ab; rötliches Wasser verschwand kreisend durch den Abfluss. Die beiden Kadaver hingen nebeneinander; die Fettschicht verlieh ihrem Fleisch im einfallenden Licht einen violetten Schimmer; die Gelenkknochen und Halswirbel leuchteten perlmuttfarben. Heut oder morgen würde Flo die Feinarbeit erledigen und die Tiere zerstückeln, die Schlachtreste für die Füchse in den Wald bringen. Xaver säuberte das Messer und schloss die Tür. Seine Jacke hatte große Taschen, in die rechte steckte er den *Blitzer*. Ein Hubschrauber näherte sich, das von den Bergen zurückgeworfene Echo seines Ratterns stürzte wie das irre Kläffen eines Hunderudels durch die Wolken herab. Er blinzelte in den Schneeregen, oben musste sich das Wetter geklärt haben.

Der Lärm verharrte über seinem Kopf, als würde man nicht Noah suchen, sondern ihn, dann flog der Hubschrauber in Richtung Greitergipfel. Xaver tastete hinter dem Trog nach der Bürste. Schrubbte, bis unter den Fingernägeln kein schwarzer Rand mehr war. Das Scharren der Ziegen drang durch die Stallwand, die gelegentlichen Stöße, wenn zwei aneinandergerieten, das Klingeln ihrer Glocken.

In der Alm saß eine Frau. Die Frisur zu einem Kranz geflochten, eine goldene Spange im grauen Haar; die Brunnerin.

Alles erledigt?, fragte Peter.

Ja, Flo übernimmt dann.

Bier?

Xaver deutete zur Kanne auf der Ofenplatte.

Lieber Kaffee.

Er hängte die Jacke an einen Haken, setzte sich der Brunnerin gegenüber. Auf den rußschwarzen Wandbalken hatten sich Bewirtschafter und Besucher verewigt, eine seit Langem gepflegte Tradition. In ungelenken Buchstaben oder mit bemerkenswerter Kunstfertigkeit eingeritzte Namen und Jahreszahlen, eine der ältesten war neben dem Kopf der Brunnerin zu lesen: 1838.

So eine Sauerei, sagte sie mit Blick auf Xavers Jacke, schau, wie dreckig die ist. Du kannst doch nicht in der blutigen Montur arbeiten gehen.

Sonst ist alles in der Waschmaschine, sagte er, und ich hab frei, bis übermorgen ist es wieder sauber.

Aus der Lade kramte Peter zerknüllte Scheine. Er trat an den Tisch, sagte: Sechzig, wie vereinbart.

Xaver zögerte.

Dein Cousin ist Mechaniker, oder? Mein Auto spinnt, weißt ...

Peter nickte. Er stellte eine Tasse Kaffee auf den Tisch. Unbeholfen legte er einen Zwanziger daneben.

Für die Umstände nimmst wenigstens den hier.

Die Brunnerin tippte mit der Spitze ihres Zeigefingers auf den Schein, sagte: Geld hat der Vater des Vermissten genug.

Wie meinst?, fragte Xaver.

Hat dem Lift Wald verkauft. Eine neue Gondel soll gebaut werden, auf den Greit rauf, hab ich gehört, wo sicher Schnee ist.

Nix als Gerede, winkte Peter ab und stocherte im Ofen. Übrigens, heut gibt es noch eine Suchaktion, sagte er. In der Lawine liegt der Bub offenbar nicht, jetzt soll mit Freiwilligen ein größeres Areal durchkämmt werden.

Wie spät?, fragte Xaver, und Peter erwiderte: Um zwei. Den ersten Forstweg rein, zur Brücke, da ist der Treffpunkt.

Ein Auto fuhr zu, das Schlagen einer Tür war zu hören, Schritte im Gang. Ein junger, rotwangiger Mann trat ein, Peter stellte ihn als seinen Enkel vor. In der Stimme ein ähnlicher Stolz wie bei der Ziege, die ein Jahr in der Wildnis durchgestanden hatte. Wer mochte es ihm verübeln, der Enkel zeigte Ambitionen, die

Alm zu bewirtschaften. Bei einer Tasse Kaffee erklärte er das Vorhaben, mit einem Kranlaster die Asbestplatten vom Dach zu entfernen, die Behörde würde zufrieden sein.

Die Brunnerin kam wieder auf das Unglück zu sprechen. Dass der Bub so lange fort ist ... Da ist was Seltsames passiert.

Ach was, sagte Peter, der taucht gesund auf, wirst sehen.

Hoffentlich, sagte sein Enkel. Noah spielt mit mir in der Fußballmannschaft, Verteidiger.

Wie es Tina geht, wollte er dann wissen.

Xaver erzählte von den stabilen Werten, und dass es trotz der Verletzungen Grund für Zuversicht gebe. Der Junge wischte mit einem Ärmel über das beschlagene Fenster. Abgewandt saß er da, als ließe sich in den Wolken etwas Besonderes erspähen.

Haben alle gewusst, dass die zwei sich nix scheißen. Und ich mein das jetzt nicht im Guten.

Willst es ihnen verdenken, dass sie rauf sind?

Er drehte sich wieder um, sah Xaver an. Naja, Schnee hin oder her, ich steig trotzdem nicht in jeden Hang ein. Aber glaub mir, für eine ideale Spur machen die zwei alles.

*

Kurz nach Mittag brach er auf, erst zu Marlen. Er konnte Holz aus dem Schuppen holen und einheizen, auf diese kümmerliche Weise eine Hilfe sein, die Patienten mussten gefüttert werden. Er stellte sich vor, es gäbe die Pension noch und er wäre ein Tourist, für einige Tage hier, um die gute Luft zu genießen und das Panorama; jemand, der zufrieden sein wollte mit der belebenden Kälte und dem Läuten der Kirchenglocke, deren Echo eben durch das Tal schwirrte.

Als Xaver sich bückte, um unter dem Fußabstreifer den Hausschlüssel hervorzuholen, bemerkte er an der Ecke zur Terrasse eine zusammengekauerte Gestalt. Eine Frau sprang auf, klein und mit schwarzen, von grauen Strähnen durchzogenen Haaren. Rosarote Crocs an den Füßen und über einer blauen Leggins eine der grellfarbenen Schijacken, die auch Tina besaß.

Du warst gestern in der Kirche, sagte sie, und es klang wie ein Vorwurf. Die Frau sprang auf, kam näher. Wo ist … Sie wollte etwas sagen, brachte aber nur ein Wimmern heraus. Das Gesicht in den Händen, versuchte sie, das Weinen zu unterdrücken. Behutsam fasste Xaver sie an der Schulter. Vielleicht konnte eine Umarmung trösten, doch sie wich zurück, schüttelte wütend den Kopf. Flüsterte etwas, er verstand es kaum. Langsam schälten sich Wörter aus ihrem Keuchen.

Wo ist mein Kind, man geht nicht einfach verloren, nicht in einer Lawine.

Jetzt begriff er, vor ihm stand Noahs Mutter. Wo ist mein Kind, flüsterte sie ein weiteres Mal und ballte die Hände zu Fäusten. In ihrem verweinten Gesicht platzte ein Grinsen auf, eine hässliche Wunde, und sie sagte: Nichts als Zündler seid ihr. Der Meine ist im Schnee, weil die Eure ihn raufgebracht hat. Nie wär er von allein auf diese Idee gekommen.

Mit der Rechten schlug sie Xaver bei jedem Wort auf die Brust, jede Berührung eine Anschuldigung, und als wäre damit alles gesagt und getan, drängte sie sich an ihm vorbei und eilte die Stufen hinab zur Straße.

Xaver öffnete die Haustür, sperrte sie hinter sich schnell wieder ab. Das Aufeinandertreffen hatte ihn verstört. Da war eine unheimliche, rätselhafte Ähnlichkeit der Augen gewesen. Natürlich täuschte er sich, und doch, es war derselbe von Trauer zu Zorn flackernde Blick, dieselbe Veränderung der Körpersprache, von Hilflosigkeit zu Angriff. Anna hatte sich in dieser verzweifelten Frau gezeigt. Zumindest für einen Moment war Xaver nicht der Mutter von Noah begegnet, sondern einer Wiedergängerin seiner eigenen.

*

Als klar geworden war, dass Konrad etwas zugestoßen sein musste, in einer der ersten Nächte nach seinem Verschwinden, war er gleichfalls hier im Flur gestanden. Aus der Stube drang damals Gelächter, Gläserklirren; die Aschenbecher sollten geleert und das als Bar bezeichnete Schrankfach aufgestockt werden, einen Karton mit Spirituosen hatte er unter dem Arm. Träte er ein, würden die um den Tisch versammelten Gäste ihm zuprosten; erhitzte Gesichter, die keinen Widerspruch duldeten, er hätte sich ebenso einzuschenken und mit ihnen anzustoßen. Deutlich war die Stimme eines Mannes zu hören gewesen, der Xaver als Chef bezeichnete und ihm dabei übertrieben kollegial den Ellbogen in die Rippen rammte. Wie sehr es ihn nervte. Bis zum Dienstschluss um 22 Uhr hatte er in der Hotelküche Kartoffeln geschält, er wollte endlich in sein Zimmer. Er griff nach der Klinke, doch entschied sich anders. Den Karton ließ er im Flur zurück und ging, statt in die Stube, in den Keller. Die Werkstatt im Licht der Neonröhre. Am Haken Konrads Strickweste, ein wespenkofelgraues Kleidungsstück. Mit dem Zeigefinger strich er über den Rahmen der Bandsäge, dachte an ihr Kreischen, wenn ein Brett zugeschnitten wurde. Großvater würde gleich etwas sagen, vielleicht: Lust auf eine Runde Karten? Oder einen abgebrochenen Bleistift hinter dem Ohr hervorziehen und rasch, ruckartig, Schnittwinkel und Bohrlöcher markieren. Alt die Maschinen und die Hobelbank, alt das Knarzen der Dielen. Am Heizrohr baumelten Eisenzwingen mit hölzernen Griffen. Riesenhaft waren die Werkzeuge ihm als Kind vorgekommen; im ersten Augenblick war dieses Staunen noch da.

Neben einem unfertigen Kästchen aus Zirbe lag das Stemmeisen. Damit schabte Konrad ein blumenförmiges Ornament; es fand sich auf fast allen seinen Möbelstücken, den Kommoden, Tischen und Bettrahmen.

An der Wand die Parte der Großmutter. Und ein Foto, das den Rohbau der späteren Pension zeigte. In der Tiefe ziegelrote, unverputzte Räume, zuoberst Konrad, auf dem schneeweißen Dachbalken im Sprung eingefangen. Fast hätte man übersehen können, dass er die jüngere Version des Großvaters war, doch die Haltung verriet ihn. Die Arme vor der Brust, ein Bein abgewinkelt, das andere gestreckt; Kosakentanz, wie Samstagabend im Fernsehen; schnauzbärtige Männer in dunkler Tracht, die laut Moderator die gute Laune Sibiriens vor die Kamera holten. Auch bei ihrer letzten gemeinsamen Wanderung war Konrad auf einen Baumstamm geklettert und hatte diesen Hopser zum Beweis seiner Beweglichkeit vorgeführt; Xaver hatte nach allen Seiten gespäht, ob auch ja niemand zusah, das Gehabe war ihm peinlich.

Konrad bemalte seine Werke mit tränenförmigen, langstieligen Blüten und einer geflügelten Kreuzung aus Panther und Einhorn, die schwarze Lackfarbe glitzerte im Neonlicht. Xaver streifte durch diesen Ort, Großvaters Refugium, und umgeben von Werkzeugen und Kleidungsstücken und Fotografien musste er sich eingestehen, ihn im Verlauf der letzten ein, zwei Jahre beinah vergessen zu haben. Die Kochlehre garantierte ihm einen monatlichen Lohn und damit mehr Freiheit, in Form eines eigenen Mofas etwa; was sich in der Pension zutrug, verlor an Bedeutung. Früher, als Kind, war er oft die Treppe zur Tischlerei heruntergekommen. Konrad hatte unbeirrt weitergearbeitet und ebenso unbeirrt zu erzählen begonnen. Von der Kriegsgefangenschaft, der Ruhr, die ihn im Lager beinah umgebracht hätte, hätte nicht ein Mithäftling leere Mehlsäcke gestohlen und abgeklopft und aus Staub und Regenwasser eine Suppe gefertigt. Seither, so Konrad, habe ihn mit diesem Mann aus einem anderen Tiroler Dorf eine tiefe Freundschaft verbunden. Als er starb, ging Konrad dem Trauerzug voran, noch vor der Familie des Toten, vor dem Sarg, Kranz in den Händen und im Rücken das Schreiten der Trauergemeinde. Er schnitzte, schnitt, sprach von seinem sturen Beharren auf dem letzten Geleit. Wie greifbar diese Erzählung nun war und wie lebendig Konrad, jetzt, da er fehlte.

Verschollen oder abgängig; wie auch immer man dazu sagte, es ergab keinen Sinn. Weit konnte er nicht sein, irgendwo in der Gegend des Greits. Xaver öffnete die Tür zur Wohnkammer. Ein Diwan, der zum Schlafen diente. Kochplatte, Tisch und Stühle, auf einer Kommode der bullige Fernseher mit dreckiggelbem Antennengeäst. Anna stand vor dem Schwedenofen. Wie üblich in Rock und Bluse; so hatte sie früher gekellnert, und als Chefin der Pension behielt sie diese Aufmachung bei. Erschrocken fuhr sie herum und starrte ihn an. Als würde sie ihrem Sohn an die Kehle wollen; unverzeihlich, dass er in der Werkstatt war. Xaver fiel nicht ein, was er sagen könnte. Anna rieb sich die geröteten Augen. Von ihrem Blick befreit, murmelte er eine Entschuldigung und haute ab. Lieber trat er in der Stube den besoffenen Urlaubern entgegen als hier im Keller seiner weinenden Mutter.

2

Am darauffolgenden Tag tigerte Anna auf den Balkon und wieder retour. Aus Konrads Tabak hatte sie sich eine Zigarette gedreht, vielleicht beruhigte das die Nerven. Der Rauch schlingerte durch die Luft. Vom Balkongeländer überblickte Xaver das Tal. Die frisch gemähten Steilhänge; die Schieferdächer des Dorfes, herdenartig um den Kirchturm gedrängt. Das hungrige Dröhnen einer Motorsäge, das Knacken eines fallenden Baumes. Aufsteigende, erregt kreischende Raben. Xaver wusste, dass der Großvater auf der Bank an der Hauswand lag, es war unnötig, sich umzuwenden. Eine Hand unter dem Kopf, in den Fingern der anderen eine Selbstgedrehte, wie oft bei Sonnenschein: Der Geruch der Zigarette zwischen Annas Lippen genügte, diese Vorstellung zu wecken. Seltsam, wie ausgeliefert man war. In Wahrheit streckte sich niemand auf den azurblau lackierten Brettern aus und rauchte, die Asche zu Boden schnippend. Natürlich nicht, niemandem würden Splitter der Farblasur auf der Kleidung kleben.

Drinnen saß Vinz, in Kellnertracht aus weißem Hemd und schwarzer Hose, vor sich am Tisch ein beschriebenes Blatt. Die Telefonnummern und Namen notierte er auf Post-its. Um fünf musste er wieder in der Arbeit sein, bis dahin galt es, Ordnung zu schaffen. Die Post-its klebte er auf die Schränke und Fensterrahmen. Das sind die Freiwilligen, sagte er. Und hier alle Hinweise, die bis jetzt eingetroffen sind.

Mit Tixo befestigte er eine Landkarte an der Tür. Markierte darauf die Orte, an denen Konrad laut Zeugen gewesen war. Gewesen sein soll. Beispielsweise hatte jemand aus dem Nachbartal den Behörden gemeldet, dass ein hagerer alter Mann in Richtung Sägewerk spaziert sei, die Hände hinter dem Rücken verschränkt, pfeifend, es klang nach Konrad. Aber nicht einmal ein Stofftuch hatte man bisher gefunden, wie er es immer in der Tasche trug, oder ein am Weg verlorenes Eisbonbon, wie er oft eines im Mund hatte.

Vinz wies auf die rechte Hälfte der Karte: Von hier ist Konrad los. Seine Hand wanderte in die Mitte. Und irgendwo in der Gegend ... Er sprach nicht weiter. Irgendwo da lässt Konrad gerade die Seele baumeln, sagte er schließlich.

Die Zuversicht in seiner Stimme half. Diese Ruhe vermittelte auch Marlen: Eben hatten sie telefoniert, den Hörer herumgereicht, ein paar Worte mit ihr gewechselt. Xaver malte sich Promenaden aus, Cafés, einen Straßenmusiker; so musste es dort in Rotterdam sein. Marlen war ähnlich hartnäckig wie der Vater. Als wäre das Verschwinden Konrads nur ein strategisches Problem, das sich mit den richtigen Schritten lösen ließ. Ihren Vorschlag, das nächste Flugzeug zu nehmen, hatte Anna aber abgelehnt. Bald war das Auslandssemester zu Ende, Marlen sollte für die Prüfungen lernen. Und manchmal, darauf beharrte die Mutter, besuchte Konrad spontan eine abseits gelegene Alm und blieb zwei, drei Tage fort; jetzt war es bestimmt nicht anders.

*

Das Treiben in der Hotelküche lenkte ein wenig ab. Der Chef feilte am Menü, neben ihm ein Glasbehälter, in dem träge ein Dutzend Forellen schwamm. Den Käscher vom Haken genommen, einen zappelnden Fisch auf die Anrichte geklatscht. Ein Schnitzelklopfer brach das Genick, eine Klinge öffnete den Bauch. Xavers Hand, die flink das Bündel Organe herausriss, sein Daumen, der die Nieren vom Rückgrat schabte. Wie lange mochte es her sein, da war er mit Konrad am Bach gewesen. Großvater wies ihn mit einem Zwinkern darauf hin, dass es ihr Geheimnis bleiben müsse, schwarzfischen sei verboten. Ein Schnitt, ein zweiter, Konrads Finger griffen zu, eine Drehung, und die Innereien waren vom Rachen gelöst. Wie hatte Xaver davor gegraust, jetzt war er es längst gewöhnt, eine Forelle zu töten, und zwang sich, an etwas anderes zu denken. Am Herd zischte heißes Öl, einem Abwäscher fiel die Zigarette aus dem Mundwinkel in den Bottich, durch Dampfwolken fluchte man auf Türkisch oder Französisch. Das Radio knarzte, und man schimpfte auf die Arbeit und die Mütter, auf Tirol und die Gäste, das Leben verteufelnd schwenkte man Pfannen mit brutzelnden Schweinsmedaillons über den Gasflammen, aus Töpfen klatschten Nudeln in bereitgestellte Siebe, und ein blitzschnelles Messer hackte Karotten zu winzigen Würfeln. Anbrandendes Rattern, der Küchenchef bellte Kommandos, und auf der Edelstahlfläche nahe der Schiebetür reihten sich die Teller mit fertigen Speisen, eine mit Petersilienbüschel garnierte Forelle Müllerin, in Anbetracht des Lärms und der Stimmung ein erstaunlich liebevoll zubereitetes Erzeugnis, das vom Kellner ergriffen und auf Fingerspitzen in den Saal gebracht wurde.

Um 14 Uhr begann die Nachmittagspause. Xaver wechselte das nach Frittierfett stinkende T-Shirt gegen eins seiner Lieblingsband; die karierte Kochhose behielt er an. Rechts die Kühlräume, links Personalzimmer. Eine der Türen stand offen, sein Blick fiel auf eine aus Ungarn stammende Köchin, die schläfrig durch ein Magazin blätterte. Sie schien ähnlich grau wie das Innere aufgeschnittener Forellen; wenn Xaver es recht bedachte, klebte diese Farbe aus zu wenig Frischluft und zu vielen fröhlichen Feierabenden der gesamten Belegschaft im Gesicht.

Draußen wartete Flo, als Maurerlehrling hatte er am Wochenende frei. Auch er trug ein Shirt von *Rage Against the Machine*. Diese Band hatte ihnen eine neue Welt eröffnet. Die mäandernden Gitarrenriffs, die rasanten Schlagzeugrhythmen, die zwischen Rap und Geschrei wechselnde Stimme des Sängers riefen ein Echo wach. Als wäre diese Energie in einem selber, musste nur aufgestört werden von der Musik, zu der man in der Disco brüllte: Know your enemy.

Xaver bewunderte die Sorglosigkeit, die Flo schon zu ihrer gemeinsamen Schulzeit ausgezeichnet hatte. Gleichgültig, welche Noten er bekam, das Abschlusszeugnis spielte weder für ihn noch für seine Eltern eine Rolle, schließlich gab es die Sicherheit des Bauernhofs; dort wurde er gebraucht. Während Xaver bei den Schlachtungen, zu denen ihn Anna mitnahm, ein Gespür für die Härte entwickelte, die das Handwerk verlangte, besaß Flo bereits eine gewisse Rohheit, die er sich durch die tägliche Stallarbeit angeeignet hatte. Manchmal schien es Xaver, als wären die Bauern eine so andersartige Spezies wie die Urlauber, die für ein paar Tage oder eine Woche in seinem Zuhause abstiegen. Das Bewusstsein für den Besitz von Grund und Tier, dieser Stolz, der einen Traktor ebenso umfasste wie die körperliche Stärke, die Ahnen wie die weitverzweigte Verwandtschaft, das alles war ihm fremd. Seine Familie hatte nichts mit Vieh oder Feld zu schaffen, aber verdiente ihren Lebensunterhalt mit jenen, die vom Bauern- und Berglertum angezogen wurden. Der Vater ein Deutscher – einer der Deutschen, die nicht zum Urlauben, sondern auf der Suche nach Arbeit im Tal auftauchten –, und auch mütterlicherseits gab es wenig vorzuweisen: Die Großeltern kamen von Höfen, die längst neue Besitzer, neue Namen hatten. Für Xaver war diese oder jene Herkunft bloß ein Gerücht, beide Sippen, sagte man, seien schon vor Generationen verarmt.

Mit einem Grinsen zog Flo einen Edding aus der Hosentasche. Auf den Türrahmen, unterhalb des C+M+B, der Kreidesignatur der Heiligen Drei Könige, kritzelte er *Rage Against the Müchmaschin*. Seit dem jüngsten Kinobesuch wurde er den Gedanken nicht los, dass die Kühe, denen man auch bei ihm zuhause die Milch aus den Eutern pumpte, den als Energielieferanten missbrauchten Menschen in *Matrix* ähnelten. Er selbst jedoch, sagte Flo, sei Neo und bereit für die rote Pille. Xaver schwang sich auf sein Mofa, deutete ihm aufzusteigen. Sie fuhren zum Bach, der bei Schneeschmelze zu einer erdig stinkenden Flut anschwoll, und kletterten, nachdem sie am Straßenrand geparkt hatten, über die Leitplanken. Es war eine ihrer Strategien, um der Langeweile zu entkommen. Auf einem Stein am Ufer zu kauern, blind und taub allem gegenüber, fühlte sich richtig an. Es war ein anderer Lärm als in der Hotelküche, mächtiger, betäubender, ein Rauschen, in dem man verlorengehen konnte. Äste trieben dahin, eine verbeulte Fahrradfelge. Man war dem dreckigen Schauspiel ganz nah, hatte die Gewissheit, etwas zu erleben, obwohl man nicht viel mehr tat, als auf den reißenden, schlammigen Bach zu starren. Bei dem Dröhnen verstand Xaver fast nichts von Flos Erzählung. Samstagnacht, die Party, wer mit wem, wer wie viel. Wenn es sich eingerenkt hat, kannst endlich wieder mit, schrie sein Freund. Xaver nickte und bat ihn um einen Gefallen.

Sie verließen das Bachufer und fuhren, Kurve um Kurve langsam überwindend, zum Greit. Am Ende eines Almweges stellte Xaver das Mofa ab. Aus einem vertrockneten Kuhfladen wuchsen Pilze, blass und mit spitzen Kappen. Flo rätselte, ob sie psychoaktiv seien, Xaver aber beschäftigte anderes. Die Polizei konzentrierte sich bei ihrer Fahndung nach Konrad auf die abgelegene Seite der Flanke, die sich vor ihnen erhob, das hatte er zuhause aufgeschnappt.

Ein steiler Trampelpfad führte zwischen den Stauden hinauf. Er versuchte sich zu erinnern, was der Großvater über solche Wege zu erzählen gewusst hatte. Sie führten von einem Tal in das nächste, verhalfen im Mittelalter Arbeitern aus der Silbermine, die unter ihren Kumpeln Ketzerlehren verbreitet hatten und von katholischen Häschern gejagt wurden, zur Flucht; im Zweiten Weltkrieg schlichen Deserteure hier entlang, und kurz danach Nazis, um nach Italien zu gelangen und sich von einem der dortigen Häfen nach Südamerika auszuschiffen. Doch es nützte nichts, eine Wolke waberte in der Luft, streckte sich polypenartig aus, und die feuchte Kälte im Nacken machte deutlich, dass man sich in der Schwebe befand. Xaver klammerte sich an dünne Zweige. Wartete mit flachem Atem, bis der Schwindel nachließ. Flo rief zurück: Alles okay bei dir?, und er nickte, zwang sich zu einem weiteren Schritt. Es musste möglich sein, von oben in das andere Tal abzusteigen, darum weiter, weiter.

*

Am Grat kapierte er, wie irrig diese Vorstellung war. Die Flanke, auf die Xaver hinabsah, war noch zerklüfteter; niemals würde er sich runter trauen. Flo packte ihn an der Schulter, deutete auf Beine, die aus den Büschen ragten. Schwarze Schuhe, von einem löste sich die Sohle, die graue Hose mit Dreck bespritzt. Xaver ging in die Knie, der Schwindel kam wieder, denn jeder konnte so angezogen sein, auch Großvater. Schwarze Schuhe, graue Hose, ja, das war er, bestimmt war er das. Flo trat nach einem Bein, und mit verwundertem Grummeln schreckte ein Mann hoch. Unter dem braunen, verfilzten Haar ein rotes Stirnband. Der nackte Oberkörper zerkratzt und um den Hals eine Kette bernsteinfarbener Perlen, daran ein silbernes Kreuz. Als der Mann gähnte, zeichneten sich die Rippen ab; es sah aus, als ob die Knochen durch die Haut brechen würden. Eine große Hand kratzte sich im hellen Schopf, ein Gesicht, mager und bärtig, und sonderbare Augen. Wie wenn ein Fisch durch einen Strahl Sonnenlicht huscht, ein Aufglitzern unter Wasser. Der Blick passte ebenso wenig zu dieser Gestalt wie die Pratze zu dem dünnen Arm. Neugierig und belustigt. Oder unschuldig und herausfordernd. Nicht die verwahrloste Erscheinung oder der Umstand, dass der halbnackte Kerl sich diesen Ort zum Schlafen gesucht hatte, ließen Xaver stutzen. Sondern die Augen. Für Sekunden verschwand der Unbekannte hinter Wolkenfetzen. Dann lief er am Grat davon, flink und leichtfüßig, als gäbe es nicht die geringste Gefahr, auszurutschen, abzustürzen.

Abends erzählte er seinen Eltern davon. Kann nur Mathoi sein, mutmaßte Anna. Ein Einsiedler, der das ganze Jahr oben lebe.

Der muss menschenscheu sein, sagte Vinz. Ein komischer Vogel.

Nicht nur das, erwiderte Anna, sondern auch ein Wunderheiler. Er gelte als Anheber, wie die Männer und Frauen genannt wurden, an die man sich bei Schwermut, Zahnweh oder Geschwüren wenden konnte. Es gebe nicht viele, in der gesamten Region höchstens drei, vier.

Vinz lachte. Mein Chef hat einen dieser Scharlatane angerufen, wegen einer Warze auf der rechten Hand, erzählte er. Per Telefon kontaktiert, der wollte nur Datum und Zeit seiner Geburt wissen.

Ist kein Hokuspokus, beharrte Anna, sondern Volksmedizin. Hat mit Gebeten zu tun und ist gratis.

Miserables Geschäft, sagte Vinz und lächelte Xaver zu.

Ob die Warze verschwand, wollte er wissen, und leise, gespielt verschwörerisch, antwortete sein Vater: Ja. Aber halt dich fest, sie tauchte auf der linken Hand seiner Frau wieder auf.

*

Tage später schlug Anna vor, gemeinsam zur Felswand zu fahren, vielleicht ließe Mathoi sich aufspüren. Ich glaub ja auch nicht dran, erklärte sie, als beide im Auto saßen, aber Vinz soll nicht denken, dass er die Suche alleine leitet.

Leute aus dem Dorf riefen an, Bekannte, denen Konrad Möbel getischlert oder das Vieh geschlachtet hatte; abseits der offiziellen Unternehmungen von Polizei und Bergrettung stellte der Vater daraus Gruppen zusammen, die er zum Greit schickte und rüber in das andere Tal. Eigentlich hatte Xaver gedacht, dass seine Mutter froh darum war.

Gestern sind wir irgendwo im Fels gewesen, am Habichtsgründl, sagte Anna. Ich hab von der Gegend noch nie gehört, und ich bin hier aufgewachsen, das will was heißen. Überall schauen wir, aber er taucht nicht auf. Es ist zum Verrücktwerden. Und weißt, was noch? Ich bin Vinz nachgedackelt, wie eine Statistin hab ich mich gefühlt, herumkommandiert von einem Auswärtigen, einem Deutschen. Das klingt komisch, ich weiß. Sie tätschelte beschwichtigend seinen Oberschenkel und sagte: Jetzt probieren wir zwei es.

Er drehte sich weg, hatte genug von ihrem Lächeln, das die Traurigkeit nicht und nicht verbergen konnte. Durch das offene Seitenfenster schwellte lautes Zirpen, und hinter dem Blattwerk der Bäume lag ein dunstiger Himmel. Ein Unwetter staute sich an.

Wieder kletterte er hinauf, diesmal Anna hinterher. Sie wanderten in die Richtung, in die Mathoi abgehauen war. Wenn er bewusst Schritt für Schritt setzte, ließ sich der Schwindel fast ausblenden. Zwischen Blaubeersträuchern über den Grat, ein paar Meter in der Tiefe die Wolkendecke. Klippabwärts, im Magen eine schaukelnde Übelkeit. An Engstellen verstummte Anna, tastete den glatten Stein nach einem festen Griff ab. Dann redete sie weiter. Erzählte, wie Konrad durch einen Anheber von Rückenschmerzen geheilt worden sei, wie selbstverständlich man früher von Blutstillern gesprochen habe.

Wo bleibst du?, fragte sie und wandte sich um. Hast Höhenangst?, wollte sie wissen, einen belustigten Ton in der Stimme.

Er fragte zurück: Was sind Blutstiller?

Na, wie der Name sagt, die haben mit Handauflegen und Beten Blutungen stoppen können, bei schweren Geburten zum Beispiel.

Anna versuchte, sich selbst davon zu überzeugen, aber wie auch immer sie es drehte, was auch immer sie berichtete, es blieb eine fragwürdige Angelegenheit. In ihrer eigenen Familie habe es dieses Wissen gegeben, erfuhr Xaver. Ein beinah unleserliches Gebet, in schwarzer Tinte auf einem Zettel notiert, mehr sei nicht geblieben von der Fähigkeit, Blut zu stillen. Wie das wohl funktioniere, wunderte sie sich: Eine Hand und die paar Sätze, der Heiligen Jungfrau Maria zugedacht.

Auf einem Plateau raschelte Gras im Wind, Bienen summten knapp am Ohr vorbei, der Himmel rauchgrau. Ein Pfeiler wies zur Jochalm, der höchsten, letzten, im 15. Jahrhundert errichteten und immer noch auf den alten Grundfesten stehenden Hütte, mit einer Lampe über der Tür, ein leuchtendes Lebenszeichen im Gebirge. Ja, den Einsiedler habe sie gesehen, sagte eine junge Frau, die als Sennerin arbeitete. Sie zeigte zu einem Pfad zwischen Wirtschaftsgebäude und Stall. Es gebe weiter oben einen Verschlag, den er gelegentlich nutze, nicht leicht zu finden. Auf einen Ahornbaum sollten sie achten, ein seltener Anblick in dieser Lage, und dort abseits des Weges hinaufsteigen. Die Frau verschwand im Inneren, kam mit einem zugeknoteten Plastiksack zurück ins Freie.

Könnt ihr das mitnehmen?, fragte sie. Hab ich Mathoi versprochen.

*

Unterhalb des Ahornbaums lag ein schwarzer, schillernder Brocken. Anna fuchtelte mit der Hand darüber, Fliegen stoben auf. Graufahles Fleisch, eine Schicht gelbliches Fett; Xaver verzog angewidert das Gesicht.

Das hat ihm sicher ein Jäger dagelassen, sagte Anna. Muss ein Feinschmecker sein, unser Anheber, wenn er das nicht will.

Sie entdeckten die Behausung in der Nähe einer sumpfigen, von Disteln durchsetzten Lichtung. Unterhalb einer hohen Felsnadel waren Steine zu einem Quader aufgeschichtet, schwarzfleckig und silbern gesprenkelt. Im Dach steckte eine seltsame Skulptur: Von einer rostigen Mistgabel spannten sich Elektrokabel zu den Ecken, ein Bastard aus Antenne und Blitzableiter.

Anna schnaufte durch. Okay, sagte sie, versuchen wir unser Glück. Aus dem Rucksack kramte sie die Landkarte. Xaver solle warten; zwei unangekündigte Besucher könnten den Anheber verschrecken. Sie klopfte an die zusammengenagelten Holzlatten, die den Eingang versperrten, ein verschlafenes Räuspern antwortete. Anna schob die Latten zur Seite und huschte ins Innere. Xaver konnte ein Murmeln hören, und bald war seine Neugier nicht mehr zu bändigen. Die Sennerin hatte so selbstverständlich hierher gedeutet, er dachte: Was, wenn doch? Dann zwängte er sich durch den freien Spalt.

Die Hände von Mathoi, groß und adrig, auf den Schultern der Mutter. Es roch nach Ruß und verbrannter Milch. Der Einsiedler sprach leise ein Gebet, legte die Hände an Annas Schläfen, eine zärtliche Berührung. Der aufkommende Wind musste die Wolken auseinandergerissen haben, denn durch Mauerscharten drang Sonnenlicht. Auf einem Campingtisch der geöffnete Plastiksack, darin ein Kanten Schwarzbrot, weißer, bröseliger Käse. Eine Zigarette verrauchte in einem Aschenbecher. Anna saß auf einem Schemel, diesem halbnackten Mann überantwortet. Vergessen waren die Bedenken, die sie am Weg hierher mit ihrem Sohn geteilt hatte. Betend kniete Mathoi sich hin, breitete die Landkarte auf der Erde aus. Von seinem Hals nahm er die Perlenkette, schwenkte das Kreuz wie ein Pendel über der Karte. Sie verharrten in dieser Stellung. Die geflüsterten, unverständlichen Worte Mathois. Das Kreisen wurde schneller, enger, führte seine Hand. Da verstummte er, und das Kreuz stand still. Anna rutschte vom Schemel, um zu erkennen, worauf es deutete.

Ein Bach im nächsten Tal. Da musst du suchen, da ist er, sagte der Einsiedler. Ruhig, als würde er das Wetter kommentieren.

Mit einem Kugelschreiber markierte Anna den Ort. Mathoi legte sich das Kreuz wieder um den Hals, schob das rote Stirnband ein wenig höher, sodass ihm die Haarsträhnen nicht mehr ins Gesicht hingen. Er nahm die Zigarette aus dem Aschenbecher, steckte sie sich in den Mund. Xaver erschrak, als ihm der Einsiedler zulächelte, war so gefangen gewesen in der Beobachtung, still an die Steinmauer gedrückt, dass er nicht damit gerechnet hatte, seinerseits beobachtet zu werden.

Mathoi bückte sich, wühlte in einer vollgestopften Sporttasche. Dann eine sprunghafte Bewegung. Er baute sich vor Xaver auf, Krumen im Bart, tiefe Stirnfalten, die unschuldig gierigen Augen.

Leg das unter deinen Polster, nuschelte er zwischen den halbgeöffneten Lippen hervor und reichte dem Jungen ein ovales Medaillon, kaum größer als ein Fingernagel.

*

Sie waren schon im Freien, als Anna fragte: Lebt er? Der Anheber erschien in der Türluke, blinzelnd, als ob die Helligkeit nicht auszuhalten wäre. Wirst schon sehen, sagte er und schob die zusammengenagelten Bretter zurück.

Papa hat Recht, sagte Xaver, das ist ein komischer Vogel.

Anna nickte, die zusammengerollte Landkarte in der Hand. Sie wiederholte sich den Namen der Gegend, in der Konrad laut Mathoi zu finden sein würde. Ein Bach, ein Wasserfall.

Ist er da?, fragte Xaver, und seine Mutter schüttelte den Kopf.

Ich weiß es echt nicht.

Sie stiegen ab, an der Jochalm vorbei. Windböen legten dunkle Schraffuren über die Wiesen, und rasch flogen die Schatten der Wolken dahin. Als sie das Plateau querten, brach das Gewitter los.

Am Grat ist es zu riskant, rief Anna ihrem Sohn zu. Aber ich kenn eine Abkürzung.

Die Helligkeit eines Blitzes über den Wipfeln, Donner, der zu einem rollenden Echo wuchs. In einer Senke ein Teich, neongrüne Algen bedeckten das Wasser. Unweit des Ufers eine Kapelle aus verwittertem Holz. Anna riss die Tür auf und ließ sich in die erste Bankreihe fallen. Auf einer gußeisernen Ablage Teelichter. Am Kreuz Jesus mit knochenbleichem Leib, von dunkelroten Malen übersät, als würden Nacktschnecken ihn bekriechen; beim genaueren Hinsehen erkannte Xaver, dass sie blutende Wunden darstellten. Davor eine Marienfigur in blauem Umhang, auf den Wangen des Puppengesichts Glasperlen: Tränen der Schmerzensmutter, die um ihr Kind weint. An den Wänden Partezettel, mit Reißzwecken festgemacht; vorwiegend gedachten sie Jugendlichen, die nach einer Krankheit oder einem Unfall gestorben waren. Hinter etliche davon waren gefaltete Briefchen geklemmt oder jene winzigen Plastikrosen, die es beim Dorffest am Schießstand zu gewinnen gab, von Eltern oder Freunden zurückgelassene Botschaften. Unter den Gesichtern entdeckte Xaver einen ehemaligen Schulkollegen, Flos Cousin, der beim Schifahren über die Piste hinausgeschossen und gegen einen Baum geprallt, schließlich den dabei erlittenen Kopfverletzungen erlegen war. Anna fuhr sich durch die nassen Haare, sie zitterte.

Alles okay?, fragte er, und sie nickte.

Was für eine Sintflut, sagte sie. Und wie es die Äste hin und her reißt …

Sie wandte sich vom Fenster ab, griff nach einem der Betlichter. Weil sie es nicht schaffte, das Feuerzeug zu entzünden, hielt Xaver seine Hände um die ihren, als Schutz vor dem durch die Ritzen kommenden Wind. Endlich zuckte die Flamme auf. Behutsam stellte Anna die brennende Kerze zurück auf die Ablage.

Seit er weg ist, sagte sie, mach ich mir Vorwürfe, dass ich ihn vernachlässigt hab.

Derselbe Gedanke trieb auch Xaver um: Dass er zu spät dran war und mit Hinterlassenem fertig werden musste, mit Werkzeug etwa, das ungenützt in der Tischlerei verstaubte und dem er krampfhaft andichtete, ein und dasselbe zu verheißen: Konrad komme bald zurück, es wäre wieder wie zuvor. Oder nein, das Schlimmste war, dass er sich nicht an den letzten gemeinsamen Moment erinnern konnte. Ein Hallo in der Küche, ein Nicken, als Konrad auf dem Balkon geraucht hatte?

Ich weiß nicht, fuhr Anna fort, wann das geschehen ist. In der Pension ist so viel zu tun, und er kam mir zufrieden vor, oder?

Sie streckte Xaver die Hand entgegen. Wenn er wieder da ist, sagte sie, dann machen wir einen Ausflug mit ihm. Ab jetzt jeden Sonntag, irgendwohin.

Xaver schlug ein. Ehe er etwas erwidern konnte, war ein Schnalzen zu hören. Beide schreckten auf. Im Windfauchen ein Knall, der Sturm hatte einen Baum geknickt. Aus Angst, dass der nächste auf die Kapelle stürzen und sie unter sich begraben könnte, liefen sie hinaus. Flucht nach vorn, in das Unwetter, und zurück in den Wald, unter die schwankenden Äste, einen Hang mehr hinabrutschend denn laufend. Endlich erreichten sie das Auto. Mit zusammengekniffenen Augen über das Lenkrad gebeugt, versuchte Anna, den Verlauf der Schotterstraße zu erkennen. Vor der Scheibe die vom Regen gepeitschte Landschaft, verschwommen zu Grau und Braun. Während der gesamten Fahrt zurück fluchte sie über das Wetter. Aber etwas war anders, der Ton in ihrer Stimme vielleicht. Trotziger, aufbegehrender klang sie. Die Traurigkeit vom Hinweg war einer Hoffnung gewichen.

*

Fast hätte er der Polizei ein weiteres Verschwinden gemeldet, regte Vinz sich zuhause auf. Den ganzen Tag seien sie fort gewesen, ohne eine Nachricht.

Anna faltete in stillem Triumph die Landkarte auseinander, deutete auf das Kreuz, dass sie bei Mathoi gemacht hatte.

Der Anheber hat einen Tipp.

Das ist nicht dein Ernst? Er fasste sie am Arm. Ich bitte dich, wir brauchen konkrete Hinweise, dieser Schwachsinn kostet uns nur Zeit.

Er nahm ein Post-it vom Kühlschrank, las vor, was er darauf notiert hatte: Knapp hinter der Grenze war in Südtirol ein Pensionist ohne Ausweis aufgegriffen worden. Nächstes Post-it: Jemand hatte auf das in Zeitungen veröffentlichte Foto geantwortet und schwor, neben diesem Mann im Zug nach Salzburg gesessen zu sein.

Sowas brauchen wir, sagte er und klebte die gelben Zettel wieder zurück.

Bevor es zwischen den Eltern zu einem Streit kam, verschwand Xaver auf sein Zimmer. Er wusste selbst nicht, was von der heutigen Aktion zu halten war. Das Beten und Pendeln, der Einsiedler, alles ein abstruses Schauspiel. Aber der Vater hatte Recht, es ging um Zeit, fast zwei Wochen waren um. Und deshalb würde Xaver das Medaillon unter dem Bettpolster platzieren, wozu auch immer das gut sein sollte, vielleicht half es. Irgendetwas musste helfen. Jetzt erst betrachtete er das Schmuckstück genauer. Es zeigte die Heilige Maria, gesichtslos eingraviert, die Hände gefaltet, über den Schultern einen Umhang.

Xaver schälte sich aus der durchnässten Kleidung. Das Tappen des Regens, vom Wald her Rauschen. Das Unwetter war ihnen vom Berg gefolgt und hatte das Dorf erreicht. Er horchte. Endlich setzte das Geräusch ein. Vermutlich lag es an einer verstopften Rinne und Hohlräumen im Dachstuhl, er kannte kaum ein beruhigenderes Geräusch als dieses metallene Schlagen, das bei Regen im Zimmer zu hören war. Der Takt eines Metronoms, der Puls eines ruhig Schlafenden. Wie gern er dieses Geisterklopfen hatte. Aber wie mochte es bei einem solchen Wetter Konrad ergehen? Großvater, der draußen herumirrte oder verletzt in einer Schlucht lag. Xaver zwang sich zu einem anderen Bild. Konrad, wenn er runter ins Dorf ging, zum Stammtisch in der *Krone*. Rosafarbenes Hemd, grau das Sakko und die Cordhose, die Schuhe schwarz, schwarz und grau und rosa stand Konrad da, schwere Tropfen schlugen auf ihn ein, nasse Flecken begannen sich auszubreiten. Nein. Großvater fand Schutz in einem Jägerstand. Nahm gerade einen Kamm aus der Innentasche des Sakkos und brachte seine Frisur wieder in Ordnung.

Als zornige Antwort auf diese Träumerei prasselte neuerlich ein Regenschwall gegen das Fenster. Xaver sah auf den vom Wind gerüttelten, im Schauer beinah unkenntlichen Vogelbeerbaum, einzeln im Feld.

Als er ein Kind gewesen war, wurde in den Nachrichten die Besteigung eines Achttausenders gemeldet. Der Berg im Fernsehen hatte keine Ähnlichkeit mit jenen daheim; ein Mann mit eisverklumptem Vollbart behauptete, eine Herausforderung gemeistert zu haben. Wo ist das?, fragte Xaver, ohne den Blick vom Bildschirm abzuwenden. Himalaya, sagte Konrad und holte ein dickes Buch mit blauem Einband aus der Kommode. Er blätterte eine rötlich eingefärbte Doppelseite auf und begann, vom Krieg zu erzählen. Wie er an einem Ort im hellen Rot der Sowjetunion eingekerkert gewesen sei. Der Enkel zupfte ihn ungeduldig am Ärmel. Hier, sagte Konrad schließlich und zeigte auf eine schraffierte Fläche. Winzige

Gipfel und in kaum leserlichen Ziffern die Höhenmeter. Gestrichelte Grenzen. Tibet, erklärte er, Indien, Nepal, Bhutan.

Das Abenteuer, das der halberfrorene Mann in den Nachrichten verkörpert hatte, projizierte Xaver damals in den Vogelbeerbaum, den höchsten Punkt in unmittelbarer Nähe. Selbst wenn er sich streckte, war der unterste Ast nicht zu greifen. Aber es genügte, sich vorzustellen, irgendwann bis in den Wipfel hinauf zu gelangen, es wäre die erste Etappe zu einem der Berge, die in dem dicken, blauen Buch verzeichnet waren. So als könnte man die allerhöchsten Punkte über eine Art Treppe erreichen, von dieser Baumkrone auf die nächste, bis zum Greit und immer weiter, Gipfel um Gipfel, bis es nur noch vereinzelte Wolken und den Himmel gäbe.

Er legte das Medaillon unter den Bettpolster. Dachte im metallischen Takt des Regens an Konrad, der sich mit einem Kamm durch das weiße Haar fuhr. Konrad, dessen Kosakensprünge ungelenk geworden waren. Und zwischen dem Pochen, im kurzen Moment der Stille, als quälendes, verzerrtes Echo: Konrad kommt nicht wieder. Nicht nach zwölf Tagen.

*

In der Zimmerstunde schlich Xaver zum Lieferanteneingang des Restaurants, in dem Vinz arbeitete. Aus dem Schatten löste sich dessen Gestalt. Seidengilet,

Hose, Schuhe, alles schwarz. Sechs Tage die Woche brachen sie morgens gemeinsam von der Pension auf, beide verschlafen und in Gedanken. Vor der Kirche verabschiedeten sie sich mit einem Nicken voneinander in ihren jeweiligen Dienst. Die Haare von Vinz glänzten vom Gel, er war frisch rasiert; das stechend riechende Aftershave reizte die Haut, die Ausschlagröte überdeckte zu Tagesbeginn das Forellenfleischige.

Mit dem Fuß schob er Xaver eine Schachtel hin: Die Kiwis sind fürs Frühstück, die Flasche Krautinger ist für heut.

Vinz schnippte die Zigarette auf den Parkplatz. Ein Anruf sei gekommen. Der Mann, den man hinter der Grenze aufgegriffen hatte, war aus einem Altenheim abgehauen. Wieder nichts.

Bleibt noch der Zugfahrer, sagte Xaver und schulterte den Karton. Dann fragte er: Warum haben wir eigentlich immer noch Gäste im Haus?

Vater hob ratlos die Hände. Vielleicht hilft es Mama. Auf die Urlauber kannst dich verlassen wie auf die Jahreszeiten.

Das ist doch deppert, sagte Xaver, und Vinz zuckte mit der Schulter; erwiderte: Jetzt schau, dass du heimkommst. Und pass auf, dass dich mein Chef nicht sieht.

Anna stand vor der Pension, die Straße im Blick. Xaver trug die Schachtel in die Speisekammer, fischte aus der Garderobenlade ein Eisbonbon. Er warf seiner

Mutter das Bonbon zu, sie fing es mit der freien Linken. In der Rechten hatte sie ein Glas Whiskey Sour. Die Wahl des Drinks berührte die Frage, wie viel Wert man sich selber beimaß. Schnaps, Benzin für Bauernschädel, kam nicht in Frage.

Bald mussten die Frankfurter eintreffen. Fünfzehn Mal, das wusste er, war der metallicblaue Mercedes bereits vorgefahren. Seit fünfzehn Jahren reiste im Mai das Ehepaar aus Frankfurt an.

Was gibt es?, fragte sie.

Er listete die Beute auf. Zwei Packungen Zuckerwürfel hatte Vinz aus dem Hotellager entwendet, ein Fläschchen Maggi. Kaffee, Obst, die Hälfte einer Lachsterrine.

Krautinger?

Krautinger auch.

Mit Gänsehaut dachte er an den fahlkotzigen Nachgeschmack dieser aus Rüben destillierten lokalen Spezialität. Laut Anna war das ein kleiner, aber wichtiger Bestandteil ihres geschäftlichen Erfolgs. Konrad hatte zu jedem wiederkehrenden Gast ein paar nützliche Informationen im Kopf, die er Anna, als sie die Pension übernahm, in einer Art offiziellem Akt anvertraute. Hobbys und politische Einstellung, die dreckigen Geschichten, die sie nur im Rausch teilten, Frühstücksvorlieben. Jetzt gehören dir auch die Frankfurter, hatte Konrad gesagt. Servier ihnen Krautinger, dann geben sie ein gutes Trinkgeld.

Sie werden nach ihm fragen, sagte Anna. Konrad besuche Salzburger Verwandte, vielleicht könnte man sich darauf rausreden. Oder besser: Er nahm an einem Ausflug des Pensionistenvereins teil, mehrere Tage Gardasee.

Oder wir sagen ihnen einfach, was los ist, entgegnete er. Die werden es sowieso erfahren.

Anna schüttelte den Kopf. Ich brauch echt kein Mitleid. Und kann ja sein, dass er ausgerechnet heut wiederkommt.

Ihr sturer Optimismus kümmerte ihn weniger als die nahende Ankunft des Ehepaars. Er verabscheute, was darauf folgte. Das zupackende Händeschütteln (So eine zierliche Frau, so ein junger Kerl, und beide so ein fester Griff!), Grias enk!, lächeln (Ja, aber hallo, hallo!), die Koffer tragen (Na, wenn Sie drauf bestehen). Dann in das Zimmer, die Balkontür öffnen (Die Berge, die Luft!), der Mann würde tief einatmen, auf einen der Berge deuten (Den Gipfel hab ich mal mit ihrem alten Herrn erstürmt!), als wären er und Konrad eng vertraut (Apropos, wo ist der alte Gauner?). Währenddessen der strenge Blick der Frau, ob das Fenster sauber, der Teppich gesaugt war. Zu Xavers Verwunderung schaffte sie es, dass die Mutter nichts mehr ersehnte als ein Zeichen der Anerkennung, und sei es nur ein Nicken, wenn sie am Bettrahmen kein Fitzelchen Staub entdeckte.

Das geleerte Glas verbarg Anna zwischen Blumentöpfen. Ich bin bereit, sagte sie und strich sich den

Rock glatt. Da befahl ein Schrillen den Händen Ruhe. Das Telefon. Sie lief in den Flur, zur Treppe; Xaver horchte auf das Knarzen ihrer Schritte. Als er kurze Zeit später in die Küche trat, senkte sie ein brennendes Streichholz in den Ofen. Post-it um Post-it hatte Anna durch das Loch geworfen, die Wände und Schränke von sämtlichen Belegen ihrer gescheiterten Versuche befreit, Konrad zu finden. Sie beobachtete, wie die Flammen alles verzehrten, und sagte: Die Polizei hat angerufen, der Hinweis mit dem Zug war nur Wichtigtuerei.

Mit dem Schürhaken deutete sie zur Küchentür. Das bliebe noch: Das auf der Landkarte verzeichnete Kreuz.

*

Anna verpasste dem grünen, vom Rückspiegel hängenden Duftbaum einen Schlag und sagte: Ich will es hinter mir haben. Sie beugte sich zu Xaver hinüber, klappte das Handschuhfach auf. Sonnenbrille, Zulassungsschein, Patronen, aber offenbar nicht das, was sie suchte.

Ich brauch was für meine Nerven, sagte sie, warf das Fach wieder zu. Dieses verdammte Warten. Immer schon sei es Konrads Wunsch gewesen, draußen zu sterben, nicht im Heim oder im Krankenbett, sondern irgendwo im Wald. Hat er sich wegen Mama eingeredet, sagte sie, deiner Oma. Du warst zu klein, sei froh. Die Krankheit. Das Spital. Sie schüttelte sich, verstummte.

Ein metallicblauer Mercedes schoss vorbei; Anna stierte ungerührt geradeaus. An der Tankstelle nahe der Autobahn besorgte sie eine Dose Bier und ein Fläschchen Kräuterlikör.

Erinner mich, dass ich die entsorg, bat sie. Nicht, dass Papa was merkt.

Sie exte den Likör, öffnete die Dose. Hielt Xaver das Päckchen Zigaretten hin. Er zog sich eine raus, gab ihr und dann sich selbst Feuer; es waren die ersten Zigaretten, die sie teilten, aber beide taten, als wäre das nichts Besonderes.

Im Nachbartal zweigten sie auf eine Straße Richtung Greit ab. Die Schotterpiste schlängelte sich über Almwiesen, an einem Kuhtrog parkten sie. Anna krempelte die Ärmel ihrer weißen Bluse auf, ging wortlos in den Wald. Immer näher kamen sie dem Punkt, den Mathoi ausgependelt hatte. Sie verließen den Wanderweg, zwängten sich durch Buschwerk. Ein mit vertrocknetem Gras bewachsenes Gefälle, gegenüber ein Fels. Anna kletterte hinauf, blieb zusammengekauert hocken.

Das schaff ich nicht, sagte sie und glitt wieder hinunter.

Als Xaver die Stelle erreicht hatte, konnte er ihren Rückzieher verstehen. Vor ihm fiel eine Steilwand zwanzig oder dreißig Meter in die Tiefe. Auf dem schulterbreiten Rand einer Gesteinsplatte ließe sich das Hindernis durchsteigen. Das Rauschen eines Wasserfalls war zu hören. Xavers Fußspitzen ertasteten die Kante, er fasste nach Halt, versuchte, nicht an den Absturz zu denken. Zu spät: ein falscher Schritt, ein wenig zurücklehnen ... der mögliche Fall kitzelte im Nacken, der Schwindel war heftiger als am Grat, wo er mit Flo dem Einsiedler begegnet war. Seine Hände, aufgeregte kleine Tiere auf der warmen, zerfurchten Oberfläche des Berges. Er streckte den rechten Fuß aus, schob den linken nach. Ein Stück Stein brach ab. Jetzt gleich. Jetzt stürzt er. Nein. Jetzt hörte er die Schreie Annas. Nach ihm und ihrem Vater. Sie schien beide anzufeuern und um beide Angst zu haben. Xaver, Konrad, das Echo der Namen überlagerte sich. Er schloss die Augen, wartete. Fluchte auf Mathoi, der ihn in diese Situation gebracht hatte. Die nächsten zögernden Schritte setzen, seitlich voran. Schon war der Wasserfall zu erkennen, ein schäumend weißes Band. Das Rauschen schluckte Annas Schreie. Nicht weit unterhalb ein Tümpel, von Gestrüpp teils bedeckt. War das der Ort? Was, wenn Mathoi Recht hatte? Vielleicht lebte Konrad, vielleicht war er tot. Xaver dachte zurück an die teilnahmslos vorgebrachte Prophezeiung: Da ist er, ich verspreche es.

Bald hätte er die Steilwand überwunden und könnte am Rand der Wasserfallrinne zum Tümpel hinab. Vielleicht wartete Konrad auf Hilfe. Schwachsinn. Der eine, seit Tagen schmerzhaft klare Gedanke war der einzig logische: Konrad kommt nicht wieder, nicht nach so langer Zeit. Wie hätte ein alter Mann den Durchstieg schaffen können, was hätte er hier überhaupt gewollt? Xaver dachte an den Kosakensprung. Natürlich würde Konrad es wagen. Er selbst hing reglos in der Wand. Das Rauschen, der eigene Herzschlag: Jedes einzelne Geräusch wurde lauter, dröhnte durch den Körper. Er wartete. Wartete. Dann machte er kehrt. Vorsichtig tasteten die Hände und Füße. Als ob der Berg nicht bemerken durfte, dass sich jemand an ihn klammerte. Bald wäre Xaver aus der Schwebe, dieses Wissen half.

Er tauchte wieder bei Anna auf, verschwitzt und keuchend. Sie erhob sich aus dem gelblichen Gras, in ihren Augen der widersinnige Glaube, dass er Konrad zurückbringt. Xaver schüttelte den Kopf. Da kommt man nicht weiter, murmelte er, ohne seine Mutter noch einmal anzusehen.

3

Die Gruppe umfasste vierzehn Freiwillige. Xaver parkte abseits, die Begegnung mit Noahs Mutter hallte nach; er fürchtete, auch hier jemanden von der Familie zu treffen.

Am Rucksack die Tourenschi, ein altes Modell, in dessen Bindung man auch mit gewöhnlichen Schuhen steigen konnte, so ging er auf die Leute zu. Darunter keiner, der seine Anwesenheit zu erwarten oder sich daran zu stören schien. Einen der Jungen glaubte er von den Fotos in Tinas Zimmer zu erkennen. Er lehnte sich an das Geländer der Brücke, die vom Forstweg über den Bach führte. In der Nähe zwitscherte eine Amsel, und das Bachwasser war nicht mehr tintenschwarz, wie im Winter üblich, sondern heller, silberner. Es wird Frühling, diese simple Erkenntnis rang Xaver ein Lächeln ab.

Ehe es begann, wollte er Marlen anrufen. Seit vorgestern hatte er keine Neuigkeiten mehr. Vielleicht hatte er sie nach der Messe bloß in einem guten Moment erwischt, heute konnte es um Tina ganz anders stehen; aber Marlen antwortete nicht.

Sie trotteten einem Bergretter hinterher, der die Leitung innehatte. Knapp zwei Stunden später war die Wolkendecke durchbrochen. Hier oben besaß der Himmel ein kaltes Blau. Der offizielle Suchtrupp verteilte sich über die Bergflanke, vielleicht hatte man trotz aller bisheriger Sorgfalt doch einen Hinweis verfehlt, und man stapfte einem Spürhund nach oder sondierte mit langen, dünnen Stecken den Schnee.

Baumwurzeln ragten aus dem durchwühlten Hang. Der gewaltsame Lauf der Lawine war deutlich zu erkennen; der Bruch am Grat, das abgesackte Stück, die umgewälzten, regelrecht zerfressenen Waldränder. Der Anblick machte Xaver betroffen, auf eine solche Zerstörung war er nicht gefasst. Wenn Noah hier begraben liegt, dachte er, wie könnte er das überlebt haben?

Kurz vor dem Unglück war er den beiden im Supermarkt begegnet. Tina hatte ihm vorgeschlagen, sie einmal zu begleiten. Im abseitigen Gelände habe das Schifahren noch etwas Anarchisches, keine Lifte oder Schirmbars, nur die Felsen und der Schnee und man selbst, ganz auf das eigene Können, den eigenen Biss zurückgeworfen.

Noah erzählte, dass er sich eine neue Helmkamera besorgt habe. Laufend Online-Content, das sei wichtig, Videos von erklommenen Gipfeln, von Sprüngen und halsbrecherischen Manövern, im POV-Style gedreht. Xaver hatte sich ein Lächeln nicht verkneifen können, doch die Sehnsucht nach *Powder*, wie Noah und Tina den Tiefschnee nannten, die leuchtete ein. Von ihrer Begeisterung angesteckt, überkam ihn die Erinnerung an jenen besonderen Moment, dem die beiden nachjagten: Wenn die Schi über eine Kante zischten und man durch die Luft segelte, drei Sekunden, vier, und dann wieder eintauchte in das Funkeln der aufstäubenden Kristalle, der Schwerkraft und der

Geschwindigkeit vertrauend, keine Zweifel mehr, keine Ängste, nicht vor der Höhe oder dem Sturz, weil man die perfekte Linie erwischt hat.

Die Stimme des Bergführers riss ihn aus seinen Gedanken: Der Peilsender, den der Vermisste mit sich führe, schicke kein Signal. Einen Schi habe man gefunden, vielleicht sei Noah verletzt davongekommen, die Freiwilligen sollten sich auf das umliegende Gebiet konzentrieren.

Der Suchtrupp arbeitete langsam und still, einzig das Stapfen der Schritte, das Knacken des Schnees war zu hören. Den Worten des Bergretters zum Trotz quälte Xaver die Vorstellung, dass Noah in der Tiefe eingeschlossen war. Er kannte die Statistik: Nach neunzig Minuten erstickten mehr als neunzig Prozent der Verschütteten. So einfach war das. Blieb dem Jungen aber Raum zum Atmen, sickerte aufgrund einer glücklichen Fügung Sauerstoff ein, dann konnte er lebend gefunden werden; diese Chance existierte.

Am Fuß des Kegels urzeitliche Steinbrocken; groß genug, um als Unterschlupf zu dienen. Xaver schnallte sich die Tourenschi an. Vier, fünf Schwünge brachten ihn zu einer alten Wegmarkierung, einem Schild mit unleserlicher Prägung. Er ließ die Schi am Pfahl zurück. Eine Eisspalte durchlief den im Sonnenlicht gleißenden Grund, gewann eine schimmernd blaue Färbung, als würde ein Lebewesen auf den Mann reagieren, der sich näher herantastete. Xaver reckte den

Kopf über den Rand der Spalte. Die Augen gewöhnten sich an das matte Licht der Tiefe. Kalte Luft wehte ihm entgegen, er rief nach Noah, horchte auf eine Antwort. Rief noch einmal, wieder umsonst.

Zwischen den Felsen stöberte er lange umher, nach einem Menschen oder den Glasscherben einer Brille. Ein Steinbrocken war mittig zerborsten, darin der Unterkiefer eines Hirschen, auf einem Vorsprung platziert. Mit dem Stiel seiner Hacke schabte Xaver die vereisten, bräunlich gemaserten Zahnblöcke frei, überblickte die Gegend. Die Lawine hob sich deutlich vom Berg ab, ein dreckiger Einschnitt. Von den Felsstücken wiederum schienen faustgroße Schatten fortzuführen. Eine Linie, oder richtiger: eine Spur. Xaver legte den Kiefer zurück und ging los. Einmal kniete er sich hin, Fingerspitzen auf der Fährte, zwischen den eigenen Atemzügen ein Plätschern. Unter dem Schnee verlief ein Rinnsal. Er befürchtete, das verborgene Rieseln nur zu fantasieren, und blieb stehen, horchte. Nein, leise drang es an die Oberfläche. Die Spur nahm offenbar dieselbe Richtung, jemand war dem Wasserklimpern gefolgt. Bald aber verschwand sie, löste sich auf im Weiß. Womöglich markierten die Einsenkungen nur den Lauf des Bächleins. Aber noch wollte er nicht aufgeben und stapfte eine Wechte hinan, vielleicht ließ sich von dort mehr erkennen. Xaver machte einen Schritt, da brach die Wechte, und ein übles Gefühl von Leere packte ihn an den Füßen, zerrte nach unten. Reflexartig schlug er mit der Hacke zu, ihre Spitze blieb im Eis stecken. Er lag keuchend ausgestreckt, wütend wegen der eigenen Unachtsamkeit, fast wäre er zwischen verstreute Fichten abgestürzt.

Ein Pfiff durchschnitt die Stille, er richtete sich auf. Mit den Armen winkte jemand vom Lawinenkegel. Das Signal zur Rückkehr. Der Himmel dunkelte bereits, der Mond voll und wildknochenbleich.

Am Forstweg bedankte sich der Bergretter bei den Freiwilligen. Morgen werde wieder gesucht, sagte er, laut genug, sodass alle es hörten: Wenn ihr Zeit habt, bitte, kommt, wir dürfen nicht aufgeben.

Aber die Sinnlosigkeit der letzten Stunden verursachte einen bitteren Geschmack im Mund. Xaver spuckte aus. Er fing den Bergretter an der Autotür ab. Ob er von Mathoi, dem Anheber, wisse? Der Mann kratzte sich am Kinn: Gesehen hab ich den schon lange nicht mehr. Dann, mit einem Grinsen: Und ich bezweifle stark, dass uns der was bringt.

Xaver sah zu Boden. Wie verrückt es klang; Mathoi, was könnte man allen Ernstes von diesem Sonderling wollen?

Weißt, den sucht ein alter Bauer, um mit dem Rauchen aufzuhören, sagte der Bergretter in belehrendem Ton. Wenn das Nikotinpflaster nichts bringt, dann vielleicht ein Gebet vom Einsiedler.

War nur so eine Idee. Hab mich gewundert, ob der überhaupt noch lebt.

Der andere setzte sich hinter das Lenkrad. Das

schon, sagte er. Da gab's mal einen Vorfall, er hat Steine auf Wanderer geschmissen, glaub ich.

Eben wollte Xaver zu seinem Auto, hoffend, sich nicht mit einem stotternden Motor zu blamieren, als der Mann noch sagte: Hab gehört, dass er manchmal bei deiner Mama aufkreuzt. Grinsend, die Häme kaum verborgen, fuhr er fort: Ich weiß noch, wie sie die Liftbar geschmissen hat. Meine Güte, das waren fürchterliche Besäufnisse. Also, Stammgäste anzüchten, das konnte sie ...

Sein Blick fiel auf den Greitergipfel, die in der Sonne leuchtende Bergspitze, und er verstummte, schlug mit einem Kopfschütteln die Autotür zu.

*

Nach einer Dusche saß Xaver auf dem Balkon seiner Wohnung, die Beine mit Arnikatinktur eingerieben; das Fläschchen hatte ihm die Brunnerin geschenkt. Von Marlen kam eine Nachricht: *Wir halten durch,* schrieb sie. *Nächste Woche soll Tina auf die Normalstation. Dann kannst sie besuchen!*

Am nächtlichen Himmel das Blinken eines Flugzeugs. Eine Sternschnuppe. Die naheliegendsten Wünsche schossen Xaver durch den Kopf: dass Tina gesund werde und man Noah finde. Du bist der Schauspieler, hatte er bei ihrem ersten Aufeinandertreffen gesagt, Xaver erinnerte sich mit einer gewissen Dankbarkeit daran. Er war für Noah nicht der

Schlächter oder einer vom Lift gewesen, sondern das, was er sein wollte. Der zweite Tag ist zu Ende gegangen, dachte er, seit rund sechsunddreißig Stunden ist der Junge abgängig. Das ist eine Ewigkeit, aber noch kann er am Leben sein. Jemand wurde gefunden, halb verhungert und erfroren, doch mit Puls, so etwas geschah. Oder?

Er beugte sich zur Fensterbank. Im Licht, das aus dem Zimmer drang, lag das Buch; *Konzepte und Methoden der Schauspielkunst*. Was auch immer wichtig schien, unterstrich er. Etwa das Zitat eines Theaterautors, dass ein Gewehr, das im ersten Akt an der Wand hänge, im dritten Akt abgefeuert werden müsse. Das Kapitel zu Stanislawski gefiel ihm am besten. Der Körper sei ein Instrument der Seele, man müsse den emotionalen Regungen nachspüren, das eigene Innenleben streng beobachten und mithilfe der gewonnenen Einblicke die Rolle gestalten. Die Empfindung zu verorten, die einen Charakter antrieb: Das war die größte Herausforderung. Jedes Gefühl hatte physische Vorlieben, Angst beispielsweise saß in den Lungen (er war der vom Kobold gejagte Hirte in *Fluch der Berge* gewesen), Liebe in den Fingerspitzen (der gehörnte Ehemann in einem Schwank mit Titel *Des Kaisers fröhlicher Bruder*), und Freude rieselte das Rückgrat hinab (was für ein großartiger Moment, als er in *Perlen für die Sau* erfuhr, den Lottosechser gewonnen zu haben). Die Hintergründe und Techniken, die er sich durch seine Lektüre aneignete, waren weitaus komplexer als das Wissen, das der hiesige Volksschuldirektor vermittelte, der die Theatergruppe leitete. Xaver spekulierte darauf, sich dank selbst erlernter Fertigkeiten für eine Hauptrolle zu empfehlen. Er wollte nicht mehr der Hirte sein, sondern der Mönch, der die mythischen Wesen bannte; nicht mehr der verlassene Gemahl, sondern der weltgewandte Liebhaber. Und nicht der Lotto-Millionär, nein, er sah sich viel eher in der Rolle jenes alpinen Vigilanten, der den Gewinn raubt und damit eine Kompanie von Strauchdieben ernährt.

Vielleicht hatte dieser Stanislawski Recht und alles war bereits in einem selbst, musste nur erkannt und gepflegt werden. Gerade aber ließ sich nicht viel anderes erkennen als Erschöpfung. Die Beine schwer, im Kopf Hoffnungen, die zu nichts führten, und vor den Augen zusammenhanglose Sätze. Xaver raffte sich auf und ging hinein. Im Nachtkästchen verwahrte er eine Schatulle, darin das Medaillon. Vielleicht war er über die Jahre abergläubisch geworden. Aber auch wenn es wie ein Märchen wirkte, abzustreiten war es nicht: Der Einsiedler hatte Recht behalten.

Etliche Tage nach dem gescheiterten Unterfangen, in die Klamm einzusteigen, bemerkte ein Jäger, dass sich dort Füchse herumtrieben. Auf der Suche nach dem Grund sei dieser Mann auf Konrad gestoßen, erklärte der Polizist, der die Nachricht überbrachte. Die Fundstelle nahe des Wasserfalls, unterhalb der Steilwand.

Der Beamte hatte nie von einem Toten gesprochen, immer nur von Konrad, von einer Entdeckung, und erst am Ende mit leiser Stimme gesagt: Mein aufrichtiges Beileid. Vinz war fluchend in der Küche auf und ab gewandert; Anna dagegen, die neben Xaver auf der Eckbank saß, war erstarrt. Er hatte gespürt, wie ihr der Atem stockte, und nicht gewagt, sie anzusehen. Wie heute am Rand der Schlucht, als unter ihm der Schnee in ein gefräßiges Nichts weggesackt war, so hatte es sich angefühlt.

Er ließ das Medaillon zwischen den Fingern umherwandern. In der Nachtkästchenlade ein Packen Papier; das Lehrabschlusszeugnis, der Mietvertrag für die Wohnung und in Klarsichtfolie ein Zeitungsblatt. Xaver wusste auswendig, was in dem Artikel stand. *Pensionist nach Wochen tot geborgen.* Plausibelster Grund: Herzversagen. Ein alter Mann, vom Gelände überfordert, in eine ausweglose Situation geraten. Wie falsch das klang. Der Reporter musste den Jäger interviewt oder Einblick in die Polizeiakte gehabt haben; er zitierte Details, die nicht für die Öffentlichkeit bestimmt waren. Etwa dass der Leichnam aufgrund von Wildbiss in einem miserablen Zustand entdeckt worden sei, sodass die Todesursache nicht eindeutig geklärt werden könne. Und das schockierendste Detail, auf geschwätzige Weise dargeboten: Der Kopf sei nach wie vor unauffindbar. Wie sehr passte das wiederum zu Großvater, dachte Xaver. Konrad, der draußen sterben wollte statt in einem Heim oder im Spital.

Sein Kopf war, von einem Tier geraubt, im Wald geblieben. Eine finale, sture Geste.

*

Durch die offene Balkontür kam holzig riechende Luft. Es verhieß schlechtes Wetter, drückte es den Kaminrauch nach unten. Der Geruch erinnerte Xaver daran, dass Noahs Mutter ihn als Zündler beschimpft hatte. Nein; nichts als Zündler seid ihr, das waren ihre Worte gewesen, eine Verurteilung, die seine Familie miteinschloss.

Ihm kam nur ein einziger Vorfall in den Sinn, der das erklären konnte. Der zweite Winter, der auf Konrads Tod folgte, Xaver rechnete nach, damals musste es passiert sein. Er war nach Küchenschluss in Annas Auto die Serpentinen hinuntergefahren. Die Tankstelle hatte bis Mitternacht geöffnet; auf dem Parkplatz standen Reihen von LKWs, die Fahrer knieten vor Gaskochern und machten Dosensuppen warm oder versammelten sich im Inneren des flachen Gebäudes um den Kaffeeautomaten. Zur Begrüßung rief Xaver ungarische Schimpfwörter, die er aus der Hotelküche kannte, Bazmeg!, Kurva!, und riss die Trucker aus ihrem stumpfen Sinnieren in ein kurzes Auflachen.

Anna hatte ihn gebeten, Bier zu kaufen. Es war zu riskant, sich tagsüber im Supermarkt des Dorfes einzudecken. Eine der Angestellten habe es auf sie abgesehen und den Gästen erzählt, ihre Wirtin besorge ständig Alk, ob denn so viel getrunken werde in der Pension? Und sie fragt mich jedesmal, wie's um Vinz steht, ereiferte sie sich, die will doch was von ihm.

Xavers Vater hatte eine gute Stunde entfernt zu arbeiten begonnen. Im Grunde nur über den Berg, doch musste man erst aus dem eigenen Tal hinaus und hinunter und in das andere wieder hinein und hinauf, eine besonders bei vereister Fahrbahn riskante Strecke, weshalb er im dortigen Hotel ein Personalzimmer bezogen hatte. Zum Abschied hatte er eine Reihe von Schneemännern gebaut, eine ganze Familie, die Eltern, zwei Kinder, das könnte ein beliebtes Fotomotiv für die Urlauber werden.

Als Xaver in jener Nacht vor dem Haus hielt, brannte in der Werkstatt noch Licht. Er riss die Plastikfolie von den beiden Sechser-Packungen, steckte die Bierdosen in den Schnee. Von drinnen war ein Poltern zu hören, als würde ein schweres Möbelstück verschoben, vermutlich räumte Anna wieder. Die vormalige Tischlerei hatte sich als Versteck bewährt. Manchmal schaute jemand ins Dachgeschoss, etwa um nach Tipps für Schitouren zu fragen, runter verirrte sich dagegen nie ein Mensch. Die Brandschutztür gegenüber der Stube und der finstere Abgang wirkten als Barriere.

Auf der Hobelbank türmten sich Küchenrollen und Schachteln mit winzigen Seifenstücken. Die Bandsäge, mit Laken verhängt, stand wie eine unförmige Larve in der Mitte des Raums. Verklebte Lackdosen und Kanister mit Benzin für den Rasenmäher, Angeln mit verhedderten Schnüren. In den Regalen landete, was von den Gästen vergessen worden war. Die Funde in den Zimmern und das Brauchbare, das Anna aus dem Müllkorb fischte, ein Wecker etwa oder Salben, die bei Erfrierungen halfen. Stapel von Zeitungen, die Konrad aufbewahrt hatte, und Holz, Erle, Fichte, Nuss, in Blöcken und Brettern. In stiller Übereinkunft sammelten Anna und Xaver, was von Konrad geblieben war. So musste sich niemand überwinden, etwas von ihm wegzuwerfen. Für diesen harten Schnitt war es zu früh.

In der Gerichtsmedizin, hatte Anna erzählt, war ihr nach der Entdeckung des Leichnams Stückwerk vorgelegt worden. Die silberne Armbanduhr mit schwarzem Lederband war verschwunden, aber es gab einen ausgebleichten Fetzen des Sakkos, die zerborstene Hälfte eines Feuerzeugs; die Geldbörse und die Mitgliedskarte des Eisstockvereins, Besitztümer, die in eine hohle Hand passten. Anna schien diesem jämmerlichen Umstand durch das fortlaufend durchgearbeitete, wieder und wieder neu zusammengesetzte Chaos etwas entgegenhalten zu wollen, eine Art Widerstand, Widerspruch, um zu zeigen, dass es doch mehr gab, dass mehr geblieben war, man musste es zwischen Werkzeug und Altpapier nur finden. Manchmal förderte sie etwas Besonderes zutage. Einen Jesus mit entflammtem Herzen etwa; ein Freund

Konrads hatte das Bild gemalt. Mit zwei Fingern deutete Jesus auf seine klaffende, in Brand gesetzte Brust.

Anna tauchte zwei ihrer Finger in einen Becher, steckte sie sich dann in den Mund. Sie verzog das Gesicht. Meine Güte, das brennt, krächzte sie und griff nach der Packung Tomatensaft, um den Drink zu verdünnen.

Was ist das?, fragte Xaver, der, von draußen kommend, den warmen Ofen ansteuerte.

Hab die Flasche in einem Zimmer gefunden, schmeckt nach, nach, warte ... Sie schnalzte mit der Zunge. Wacholder, würd ich sagen.

Er öffnete das Ofentürchen und kontrollierte die Glut. Verdrehte dabei die Augen. Ein Glas mit roten Schlieren fand sich immer wieder einmal im Haus. Der Cocktail war Anna heuer von einem der Gäste empfohlen worden, einem Engländer. Ihr gefiel, dass der Bloody Mary zur Kategorie der Corpse Reviver gehörte; der weckt Tote auf, hatte sie Xaver entgegengerufen, als er eines Nachmittags heimkam und sie und den Engländer auf der Gartenbank antraf. Der bleiche Mann, der selbst bei kaltem Wetter nur ein T-Shirt trug, hatte den Arm um ihre Schultern gelegt, in einer Hand das tiefrote Getränk und zwischen den Lippen eine Stange Sellerie.

Ach was, sagte er, das ist sicher nur zum Einreiben, für die äußere Anwendung.

Er hieb mit dem Schürhaken auf ein loderndes Holzscheit und bereute den genervten Ton in seiner Stimme.

Hab was vergessen, murmelte er und holte zwei der im Schnee steckenden Dosen. Im Vergleich zu der hochprozentigen Mischung in ihrem Becher war Bier die klügere Wahl. Anna zündete sich eine Zigarette an.

Hast eigentlich eine Freundin?, fragte sie, während ihr der Rauch aus der Nase sickerte.

Er zuckte mit der Schulter. Bist schwul oder was? Lächelnd hielt sie ihm die Zigarettenpackung hin. Ach komm, ich mach nur Spaß, zünd dir eine an. Sie schwenkte den Rest des Cocktails, sagte: Vielleicht musst mehr ausgehen.

Früher habe es im Keller der *Krone* eine Disko gegeben, die *Schneehöhle*, jeden Freitag und Samstag sei man selbst aus den umliegenden Tälern hergefahren, ein legendärer Schuppen. Anna drehte sich langsam durch die Tischlerei, zwischen ihren Lippen die brennende Zigarette und in der Linken das Glas. Halb im Profil, blieb sie stehen, gesenkter Blick auf Xaver: Einmal sei ihr ein Typ aufgefallen, in Schlaghose und Spitzkragen, wie John Travolta leibhaftig. Wieder begann sie mit ihrem Tänzeln, und Xaver konnte nicht anders, fand es faszinierend. Offenkundig besaß Alkohol die Kraft, die Vergangenheit eines Menschen wieder wachzurufen. Nicht bloß als erinnerte Vorstellung, sondern als körperliches Erleben. Anna marschierte durch das Gedränge der Disko auf einen jungen Mann zu, dem sie zu seiner abenteuerlich gegelten *Grease*-Frisur gratulieren würde. Sie trank den letzten Schluck und sagte, knapp vor Xaver stehend: So hab ich deinen Vater kennengelernt.

*

Zischend knackten die Bierdosen auf, die beiden stießen wortlos an. Ihm fiel ein, dass er von der Tankstelle eine Packung Wurst hätte mitnehmen können, der eigene Vorrat war fast aufgebraucht. Er streckte die Beine unter dem Tisch aus, was soll's, dachte er.

Ehe er in der Früh zur Arbeit fuhr, füllte er Kaffee in Thermoskannen ab, arrangierte Brot, Marmelade und Honig auf der Anrichte. Viel war nicht zu tun. Ein in Innsbruck ansässiges Reisebüro sorgte in dieser Phase der Saison gewöhnlich für volle Zimmer; nach einem Streit, der laut Anna damit zu tun hatte, dass man im Reisebüro versuchte, den Preis zu drücken, waren es aktuell jedoch nur ein Paar aus Düsseldorf und ein älterer Junggeselle aus Graz.

Vorsichtig rüttelte er an der obersten Kommodenlade. Darin lag, zwischen Meißeln und Feilen, das Buch.

Was hast da?, fragte Anna.

Weißt doch, vom Opa.

Jetzt red mal anständig.

Ein Atlas, den haben wir schon früher …

Er wollte nicht mit ihr streiten, sondern sie dazu bringen, von Konrad zu erzählen. Letztens war eine Packung Spielkarten aufgetaucht, es hatte als Anstoß gereicht: Wie der sechsjährige Konrad als Knecht am vormals eigenen Hof schuften musste, weil Xavers Urgroßvater Haus und Stall verspielt hatte und den jüngsten Sohn noch dazu. Jeglichen Besitz habe der in der *Krone* versoffen, die Felder und Tiere und Kinder als Einsatz geopfert. Pech im Spiel, Pech für die Sippe. Bis dahin sei es eine reiche Familie gewesen. Der Grund, auf dem jetzt der Veithof steht? Auch mal unserer, sagte Anna, und Xaver versuchte, sich eine Zeit auszumalen, in der es möglich gewesen war, am Wirtshaustisch alles zu verlieren oder zu gewinnen.

Vielleicht entlockte ihr der Atlas eine neue Geschichte. Er tippte auf die rote Fläche der Sowjetunion: Irgendwo hier war Konrad in Kriegsgefangenschaft.

Anna griff nach dem Buch, blätterte rasch durch die Seiten. Jugoslawien, Agram, sagte sie, Konstantinopel, gibt's nicht mehr. Von wann ist denn der? ... 1928, meine Güte, ja, jetzt fällt es mir wieder ein, er hat mir mal gezeigt, wohin er in der Pension reisen will.

Annas lauernde Haltung machte klar, dass es eine schlechte Idee gewesen war, sie heute reizen zu wollen. Ganz schlecht, dachte Xaver.

Schade, dass er nie gefahren ist, sagte sie und schmiss den Atlas ins Feuer.

Erst war er zu perplex, um irgendetwas zu tun,

dann hechtete er zum Ofen, schnappte sich den Schürhaken aus dem Korb und zog das Buch wieder hervor. Am Boden der angesengte, qualmende Band. Mit einem Tritt beförderte Anna ihn zwischen die Stapel alter Zeitungen. Wieder wollte Xaver einschreiten.

Lass, sagte sie, ein einziges Wort.

Xaver schleuderte den Schürhaken in die Ecke und ging. Es machte ihn wütend, dass sie das Buch misshandelte, ein Andenken Konrads. Oder nein, wütend machte ihn, dass er wie ein beleidigtes Kind reagierte, lieber abhaute, anstatt ihr Paroli zu bieten. Eine der Bierdosen warf er auf die Schneefamilie, dickbäuchige Umrisse, deren größter jetzt den Kopf verlor. Vater war deswegen fort, natürlich wusste er das. Vinz kellnerte im anderen Tal, wegen der Bloody Marys und weil sie sich in der Tischlerei einbunkerte. Marlen hatte ein Praktikum in Vorarlberg absolviert und sich einen der Söhne vom Veithof angelacht; mit dem lebte sie unten im Dorf zusammen, bald würde ihr gemeinsames Kind auf die Welt kommen. Der einzige, der weiter hier in der Pension festsaß, war er.

*

Auf dem Weg in sein Zimmer fiel ihm ein, den Autoschlüssel bei Anna vergessen zu haben. Die Angst, Mutter könnte auf dumme Ideen kommen, ließ ihm keine Ruhe. Widerwillig ging er hinunter in den Keller, wo ein oranger Schein über die verhängte Bandsäge geisterte. Anna stand immer noch am selben Ort. Zwischen den Zeitungsstapeln zuckten Flammen, chemisch stinkender Rauch stieg auf.

Was ist passiert?, fragte Xaver, aber sie beachtete ihn nicht. Was hast du gemacht?, schrie er.

Dann geschah etwas Seltsames: als ob er mit einem Augenzwinkern den Blick gewechselt hätte und seine Mutter jetzt so sah wie alle anderen. Vinz hatte Recht, Marlen hatte Recht, und auch die gehässige Verkäuferin im Supermarkt. Xaver fürchtete sich, nicht vor dem Feuer, sondern vor diesem Gedanken. Der Ausdruck im Gesicht seiner Mutter kam ihm sonderbar glücklich vor. Ein Zeitungsstapel stürzte um; aufgeregtes Prasseln, der Feuerschein wurde heller. Er war überzeugt, dass geschehen würde, worauf Anna offenbar wartete: dass die Pension zu brennen begann.

An der Decke waberten Rauchschwaden langsam auf die Fenster zu. Hoffentlich merken die Urlauber nichts, dachte Xaver. Er eilte ins Erdgeschoss, riss den Feuerlöscher von der Wand, lief die Betonstufen wieder hinab.

Auch als die Flammen erstickt waren, stand Anna reglos da, Schaum an der Schläfe. Er wischte ihr den Spritzer weg, die grobe Berührung rüttelte sie auf.

War ja nur ein bisschen Nitro, sagte sie. Ich hab geglaubt, das reicht nie.

Mit der Fußspitze wühlte Anna in den Resten des Feuers, unter angesengtem Papier lag der Atlas. Sie nahm das Buch auf eine Schaufel und verließ die

Werkstatt. Angewidert wandte Xaver sich ab und folgte ihr. So eine Sauerei, sagte er. Im Lichtkegel der Außenlampe der Atlas; ein dunkler Fleck im Schnee. Mit einem wütenden Nicken wies Anna auf den Balkon. Am Geländer die Umrisse eines Menschen, die Glut einer Zigarette; der Junggeselle aus Graz beobachtete sie im Schutz der Dunkelheit.

Eben wollte er in sein Zimmer zurück, um den neugierigen Blicken zu entkommen, als die Mutter zu reden begann: Ich kann dir ganz genau sagen, was passieren wird.

Was meinst du?

Ihre Hand deutete vage ins Tal. Etliche Pensionen würden schon Infrarotkabinen einbauen, die Hotels in Schwimmbäder investieren. Es wird uns nicht viel anderes übrig bleiben, als es wieder zu machen. Ein neuer Kredit und umbauen und mehr bieten. Weißt, was ich tun müsste?, fragte sie, ohne eine Antwort abzuwarten. Dem Grazer schön tun, das müsste ich. Dem da oben, der uns zuschaut, während er seine lausigen *Ernte 23* pafft.

Anna schüttelte den Kopf. Hat sich davongestohlen, der Mistkerl.

Xaver wusste nicht, ob sie Konrad oder Vinz meinte, vermutlich war das auch egal.

Warte hier, sagte sie und brachte dann das Jesus-Gemälde aus der Tischlerei. Platzierte es neben dem Atlas, tupfte die vom Feuer gebliebenen Schlieren ab. Sieht nicht allzu schlimm aus, sagte sie. Der Aussetzer war ihr peinlich, er merkte es daran, wie besorgt die Mutter sich nun gab.

Sie trugen Kanthölzer nach draußen und eine Ledertasche mit Schlachtmessern. Um sauber zu machen. Und für eine Art Bilanz. Eine Eisenschere, verklebte Tuben mit Schuhcreme. Die Zither. Ein Sonnenhut mit angesengter Krempe. Auf eine graue Abdeckplane legten sie Bücher, Jerry Cotton und Edgar Wallace, mit Hexen und verrückten Wissenschaftlern auf den Umschlägen; Bildbände über die Wüsten der Welt, die Meere der Welt; das Foto, das Konrad in schwindelerregender Höhe zeigte, springend; die Strickjacke; eine Dose mit Pomade.

Etwas ballte sich in ihm, eine Traurigkeit, die langsam anschwoll, wie eine Welle. Die in der Wiese verstreuten Dinge, das konnte doch nicht alles sein. Xaver hoffte, dass sich daraus trotzdem ein Leben nachvollziehen ließe. Vielleicht war jeder dieser Gegenstände für sich allein eine Silbe, gemeinsam jedoch ergaben sie eine Art Zauberspruch, um den Menschen, der einmal ihr Eigentümer gewesen war, auferstehen zu lassen.

Er trat einen Schritt zurück. Wenn man die Holzlatte, die mit einer Prozession geflügelter Tiere bemalt war, ein wenig höher schob, formten die in zwei losen Reihen ausgebreiteten Gegenstände fast ein Kreuz. Anna kicherte über diese Beobachtung. Auf den Knien verteilten sie Ohrenmütze, Zwingen und eine rostige Sichel. Xaver rückte den noch warmen Atlas zurecht, Mittelpunkt der beiden Linien. Das Kruzifix war fertig.

4

Er schloss die Balkontür, das Medaillon steckte er ein. Kurz nach elf brach er auf. Der Vollmond tauchte das Tal in ein eigentümliches Leuchten, die Schieferdächer umliegender Häuser schimmerten matt. Der Feldpfad endete an der Feriensiedlung, mehrere eingeschoßige Bungalows, die Almhütten ähnelten. Durch ein Fenster war eine Familie beim Kartenspiel zu erkennen. Ein Kind schrie vor Freude, der Vater schlug sich in scheinbarer Verzweiflung die Hände vor das Gesicht.

Xaver schlich zur Bierkiste, die vor dem Eingang stand, und zog sich eine Flasche heraus. Trinkend spazierte er ins Dorfzentrum, querte den Friedhof. Vis-à-vis lag der Veithof, ein wuchtiger Hotelkomplex. Am Parkplatz Mercedes', Audis, BMWs. Er überflog die Kennzeichen. Die üblichen Deutschen, aber auch ein Slowake. Für einen Moment irritierte es ihn, dass dieses Auto nicht mehr auf den Stellplätzen für das Personal zu finden war, sondern einem zahlenden Gast gehörte.

Wenn man eine dieser Karren so einfach nehmen könnte wie die Flasche Bier. Als Kind war er einmal in das Zimmer geplatzt, das die zwei Söhne einer neu eingetroffenen Familie bezogen hatten, ungefähr im gleichen Alter wie er selbst. Am Boden standen He-Man, Skeletor und sogar das Schloss Grayskull mit aufgeklappten Seitenflügeln. Mehr als die Fernsehwerbung kannte Xaver nicht von *Masters of the Universe*, und kein Spielzeug schien ihm derart erstrebenswert, derart verlockend, über Wochen nervte er die Eltern mit entsprechenden Weihnachtswünschen. Jetzt lagen die Actionfiguren vor seinen Augen ausgebreitet, bei ihm daheim. Fast, als wären es die eigenen. Selbstvergessen hatte er zu spielen begonnen, ohne sich um die beiden Jungen zu kümmern, bis Anna ihn am Ohr wieder aus dem Zimmer zog.

Auf sie selbst, dachte er jetzt, traf dasselbe zu. Die Umarmung des Engländers mit seinen Bloody Marys oder der Widerwillen gegen den Grazer, der sie vom Balkon herab beobachtet hatte: Durch die Fremden wurde ihr vor Augen geführt, was sie begehrte oder verabscheute. Wie nervös Mutter bei der Frankfurterin gewesen war. Zerrissen zwischen dem Wunsch, über gleich viel Geld und dasselbe Auftreten zu verfügen, und dem Eingeständnis, nur eine Bedienstete zu sein.

Die Gäste waren Teil von Xavers frühesten Erinnerungen. Wie ihn irgendeiner hochgehoben und sich für ein Foto auf den Schoß gesetzt hatte, markierte den Beginn seiner bewussten Wahrnehmung; etwas Beunruhigendes, Krankmachendes haftete dem an. Als wäre er um etwas Wichtiges betrogen worden. Als hätten ihn die Menschen, die Winter für Winter in das Dorf kamen, schamlos ausgenützt. Wenn er mit geschulterter Schaufel die Pisten nach Eisklumpen absuchte oder bei einer der Stationen Sicherheitsnetze reparierte, konnte er beobachten, wie der Strom der Urlauber auf das Förderband drängte, in Vierer- oder Sechser-Gruppen zu den Sesselliften geleitet wurde. Inmitten der Almhütten und Schirmbars vergaßen sie allzu leicht die Gefahr; ein falscher Schwung genügte. Erlitt jemand einen Knochenbruch oder eine Kopfverletzung, packte man das Unfallopfer in den orange gepolsterten Akija. Es gehörte zu Xavers Aufgaben, beim Abtransport zu helfen. Einer von der Pistenrettung fuhr voran, er hatte die hinteren Stangen in den Händen, dazwischen die Trage.

Von halb acht in der Früh bis um vier am Nachmittag dauerte sein Dienst. Er liebte den Tagesanbruch bei klarem Wetter. Bald würde die Gondel die ersten Gäste bringen, noch aber hatte er die Hänge für sich allein. Das klirrende, scharfe Geräusch der Schikanten, die über den Schnee zogen, das verheißungsvolle Glimmen der Sonne, ein Strich über der Felskette, während das Tal noch im Vagen, Schattigen dämmerte. Die Anziehungskraft, die das Theater für ihn besaß, rührte daher, dass die Stücke vom Sonnenaufgang in den Bergen handelten und von der Freiheit, die einzig oben, immer weiter oben zu finden war, aber nichts mit dem Tourismus zu tun hatten. Sie waren derb und naiv und längst überholt, eine unschuldige Schwärmerei, verfasst in einer Zeit, in der die Urlaubsindustrie noch nicht einmal als Idee im Kopf eines geschäftstüchtigen Visionärs existiert hatte. Trotzdem stellten sie eine Art Alternative dar, eine verzerrte Version des Tals, bevölkert von einfach gezeichneten Charakteren, klischeehaft genug, sodass ein jeder im Publikum darin nie sich selbst, aber immer den Nachbarn zu erkennen glaubte.

Doch man musste konzentriert bleiben. Wie früher das Kochen verlangten diese kitschigen Schwänke eine außerordentliche Sorgfalt. Manchmal überforderten sie ihn mit unerwarteten Einsichten. Als er den vom Kobold gepeinigten Hirten gegeben hatte, war sein Konterpart eine heimlich saufende Pfarrersköchin gewesen, die mit ihm Streit suchte. Vergeblich schlug sie nach ihm, der sich ihr doppelt zeigte, fiel dabei fast von der Bühne. Der Raum im ersten Stock des Feuerwehrgebäudes, der auch für Brauchtumsveranstaltungen und die Faschingsfeiern des Kindergartens Verwendung fand, wurde von einer wachsenden Begeisterung erfüllt, das Gelächter des Publikums schien ihn zu wölben, zu vergrößern, nicht mehr fünfzig, sondern fünfhundert Paar Augen waren hinter den Spotlights auf die Schauspieler gerichtet, und während Xaver die Erregung unter den Achseln packte und in die Höhe hob, als er den nächsten Satz lieferte, den die Pfarrersköchin wiederum für einen gelallten Monolog über die Notwendigkeit, die Restfetten ins nächste Fest zu retten, nützte, griff in seinem Inneren etwas anderes zu, wachte auf, als würde man in den ersten Sitzreihen unter den lachenden Gesichtern eines entdecken, das ungerührt oder enttäuscht dreinschaute: War Anna nicht genauso gewesen, konnte sie nicht auch als Lachnummer dienen?

Anna, die sich zum Trinken in der Werkstatt verbarrikadierte. Dort wieder und wieder verschob, was sich angesammelt hatte, alles umwälzte, um auf etwas zu stoßen, das Konrad lebendig und ihren Rausch sinnvoll machte. Im Theater würden solche Szenen belustigend wirken wie die Versuche der Pfarrersköchin, die geleerten Flaschen vor neugierigen Blicken zu verbergen. Es gab nichts Bewundernswertes an seiner Mutter. Nicht ihre Wut, nicht ihre Erinnerung. Sie war auch nicht verrückt, wie er an jenem Winterabend geglaubt hatte, als sie das Feuer legte. Man konnte sie nur lächerlich finden oder bemitleiden, eine andere Wahl gab es nicht.

Stanislawskis Gebot, die eigenen Emotionen zu ergründen und mit ihrer Beschaffenheit, ihrem körperlichen Ausdruck zu arbeiten: daran dachte Xaver, als er die Abkürzung durch den Wald wählte. Im Mondlicht war der Pfad zwischen den Bäumen leicht zu erkennen. Das Rascheln eines fliehenden Tieres sorgte für einen kurzen Schrecken. Etwas lief durchs Gebüsch davon. Als es wieder still war, erinnerte er sich, wie Paul im Warteraum des Spitals Marlen umarmt hatte, nachdem er aus der Schleuse zur Intensivstation getreten war. Die Nähe der beiden, in ihrer Angst um Tina vereint. Aber wie konnte das sein: Jetzt war er neidisch auf diese Innigkeit. Xaver wollte diesem Gefühl auf die Schliche kommen, spürte es hinter den Rippen, es wog nicht viel, war zweifellos hartnäckig. Neid, ja, auf das Vertrauen, das Paul und Marlen teilten. Und Einsamkeit, das Eingeständnis, dass er sich ein solches Vertrauen kaum vorstellen konnte. Es war schwer festzumachen; das Gefühl, das er mit sich trug, wechselte die Fellfarbe, war sowohl das eine als auch das andere.

Er gelangte wieder auf die Straße. Hinter einer Reihe von Obstbäumen lag der Hof, an der Stallmauer das wirre Geäst eines kahlen Holunderstrauchs. Schmale Balkone, winzige, gucklochartige Fenster; das Holz war mit der Zeit tiefschwarz ausgedunkelt. Die geleerte Bierflasche stellte Xaver auf das Auto des Elektroinstallateurs, das in der Einfahrt parkte. *Errichtet 1663*, verriet eine Tafel neben der Haustür. *Familie Dengg*, stand darauf und der offizielle Ehrentitel *Erbhof*; ein Beleg, dass man den Besitz seit Jahrhunderten weder an Unfruchtbarkeit noch an Krieg, Krankheit oder Schulden verloren hatte.

Er drückte die eiserne Schnalle und nahm die Treppe in den ersten Stock. Vom Stall her war das tiefe Schnauben einer Kuh zu hören, dazu der allgegenwärtige Geruch nach Heu und Mist: In der Finsternis schien das Bauernhaus nur für sich allein zu existieren, abgeschottet von allem, was außerhalb geschah. Auf der Kommode die Umrisse eines Palmkätzchens. Es verhieß Glück, hatte man einen solchen mit gelben und violetten Kreppbändern geschmückten Buschen nach der kirchlichen Segnung unter dem Dach. Bald wurde Ostern gefeiert, hoffentlich käme der Junge bis dahin zurück. Durch die Tür am Ende des Flurs pumpte ein Lied, das er gut kannte, *Shook Ones*, Mobb Deep.

*

Hab mich schon gefragt, wann du aufkreuzt, sagte Flo hinter dem Tisch hervor.

Ihm gegenüber saß Erwin, vom Bau direkt hierhergewechselt, in schwarzblauer Elektrikermontur. Xaver stieß gegen einen der Kartons am Boden, darin in Zellophan gewickelte Küchenmesser, die man Flo als Teleshop-Testkäufer gratis zustellte.

Hast endlich eine Bewertung abgegeben?, fragte Xaver. Sonst werden sie dir nichts mehr schicken.

Genervt fuchtelte Flo durch die Luft, fragte zurück: Hast dem Peter die Viecher geschossen?

Sind in der Schlachtkammer, solltest bald mal hin.

Er warf die Jacke über die Stuhllehne. Erwin ließ ihn nicht aus den Augen.

Scheiß Sache, sagte er.

Ohne darauf einzugehen erwiderte Xaver: Du wirst ordentlich grau.

Gelbzahniges Lächeln im staubverschmierten Gesicht. Beidhändig packte er seine wirren, staubigen Dreads und band sie im Nacken zusammen.

Die Lawine, weißt, so ein Scheiß, sagte Erwin und griff nach der Bong. Mit einem zurechtgebogenen Stück Draht stocherte er in der Glut, zog an. Das Blubbern übertönte die letzten Takte des Lieds, das auch in Flos Auto gelaufen war, damals, als sie beide gerade den Lehrabschluss geschafft hatten und glaubten, das Interesse von Urlauberinnen wecken zu können: Erstens, weil sie Schilehrer waren; zweitens, weil sie das Bundesheer bei den Gebirgsjägern überstehen würden; drittens, Weed, klar, kein Problem.

Das Erste war gelogen, das Zweite fraglich, das Dritte stimmte. Sie verkauften in der Disko und in den Pubs, belieferten umliegende Dörfer. Ihre Quelle war der Sous Chef von Xavers Küchenbrigade, ein Holländer, nein: der Holländer. Seit mehreren Saisonen im Tal, mit besten Verbindungen in seine Heimat.

Flo war auf einen ähnlichen Gedanken gekommen: Weißt noch, wie sie deinen Kollegen verpfiffen haben, fragte er. So paranoid waren wir, dass wir in einer einzigen Nacht alles aufrauchten.

Letztens hatte er erzählt, sie hätten das Gras in der Jauchegrube versenkt, als Blaulicht auf den Hof zuraste; Xaver konnte sich an nichts davon erinnern. Eine von Flos wiederkehrenden Geschichten handelte vom Pilztrip. Er erzählte von einer Party oder einem allein verbrachten Abend, von Shrooms, durch die Pfeife gesaugt oder als kaltes Gulasch verschlungen. Eine Stimme, ein Licht oder eine dunkle Gestalt, etwas hatte ihn in den Wald gelockt, in eine von Halluzinationen durchsetzte Umnachtung, ein Engel hatte ihm die Haare zerzaust und ein Habicht das Herz gefressen, manchmal auch andersrum.

Den Holländer gibt's nicht mehr, sagte Erwin und

stellte die Bong zurück auf den Tisch, reichte Flo ein schwarzes Stoffsäckchen.

Das Personal wechselte zu schnell, wenige blieben länger als einen Winter und hätten es geschafft, die fürs Dealen nötigen Kontakte aufzubauen. Der Typus des Holländers war ausgestorben, jetzt stillten Einheimische wie Erwin die Nachfrage. Xaver wusste am besten, weshalb es im Gastgewerbe kaum noch jemanden hielt. Arbeit bis spätnachts, zu Weihnachten und Silvester, unbezahlte Überstunden, und das alles für einen Hungerlohn. Vom Kochen hatte er bis zum Grab genug, im Tal ließ sich weitaus leichter ein Auskommen finden.

Erwin war die rechte Hand des Holländers gewesen, eine Art Mittelsmann, der die Ware gegen einen höheren Preis an die lokalen Dealer abgab, die es mit einem weiteren Aufschlag an die Touristen verkauften, sodass das aus den Niederlanden geschmuggelte Gras in Tirol mitunter holländische Kundschaft fand. Manchmal hatte Erwin die beiden auf ihren Fahrten begleitet. Einige Jahre älter als Flo und Xaver, konnte er währenddessen von erstaunlichen Geschehnissen berichten. Auf einer Lichtung etwa habe man illegale Drum 'n' Bass-Partys gefeiert, herangekarrte Boxensysteme, nackt tanzen im Sonnenaufgang; und am Ende jenes Pfades sei eine Kommune zu finden gewesen, geleitet von einer Frau, die in Mexiko das Geistreisen erlernt und in den Träumen ihrer Anhänger als Jaguar gewütet hatte.

Erwin warf mit Anekdoten und Namen um sich: Carlos Castaneda, merkt euch den, und er schnalzte mit der Zunge. Burschen, früher war hier die Hölle los, ihr seid zu spät geboren.

Aus dem Säckchen schüttelte Flo gräuliches Weed, zerkleinerte es in eine Holzschale. Vom linken äußeren Augenwinkel bis hinab zum Kinn zitterten die Muskeln. Das Reißen im Gesicht war ein Überrest des missratenen Pilztrips, er trug es wie ein Veteran einen Orden. Er löste das Papier von zwei Zigaretten, bröselte den Tabak in die Schale.

Tschick, Tschick, Ganja.

Xaver putzte das Hütchen aus, stopfte es mit der neuen Mischung. Aufleuchtende Glut und hungriges Blubbern. Ein zischendes, schnelles Einatmen. Rauch sickerte durch den Mund.

Fuck, krächzte er und hustete.

Erwin grinste und breitete die Hände aus wie ein hinterfotziger Messias, sagte: Der Godfather hat immer was Schönes dabei.

Tut mir leid wegen Tina, sagte Flo.

Ich war im Spital, flüsterte Xaver, wieder halbwegs bei Stimme. Aber ich durfte nicht auf die Intensiv.

So komisch, dass der Typ nicht auftaucht, ist doch noch nie passiert, dass einer so lang weg ist.

Zumindest nicht nach einer Lawine, präzisierte Flo.

Er schlug ein Rätselheft auf, zwischen den Seiten lag die Fernbedienung der Stereoanlage. Er drückte eine Taste, wartete die ersten Takte ab ... *DMX, X Gon' Give It To Ya*. Von unten wurde gegen die Decke geklopft. Flo drehte ein wenig leiser, kritzelte zum Beat nickend mit einem Kugelschreiber Ziffern in Sudokukästchen.

Unter Erwins Fingernägeln der Dreck der Baustelle. Xaver betrachtete seine eigenen Hände. Sauber, keine Spur vom Schlachten. Neben dem Aschenbecher eine Packung Patronen, ein paar schüttelte er sich heraus, bevor er Flo fragte: Kannst dich an den Einsiedler erinnern, den wir am Grat getroffen haben?

Erwin horchte auf. Mathoi?

Kennst ihn?

Von früher. Hab gern Steine gesucht, Quarz, Kristall, ein schönes Hobby, und bin ihm oben übern Weg gelaufen.

Heut hat mir einer erzählt, dass er durchgedreht ist. Hat Leut attackiert oder so.

Erwin winkte ab, da sei mehr dahinter. Ein Bergführer habe Urlauber zu ihm gebracht. Mathoi als Freak, das war die Idee, glaub ich, und er hat es sich nicht gefallen lassen, deshalb kam es zu einer Rauferei.

Es heißt, er ist bei meiner Mutter, in ihrer Hütte, sagte Xaver und stellte die Patronen in einer Reihe vor sich auf.

Das hör ich zum ersten Mal. Andererseits, man hört gar nichts mehr von dem. Warum sollte er nicht bei ihr auftauchen, sonst ist ja keiner oben.

Würd mir taugen, sagte Flo, so zu leben wie deine Mama. Ich bewundere die Frau. Schlussstrich und rauf, Alter, so muss man das machen.

Dann hättest aber keine Anlage mehr, sagte Erwin. Oder das da.

Er deutete auf ein leeres Fläschchen am Tisch. In blauen Blockbuchstaben stand auf dem Etikett: *10 ML Ketamin Hydrochlorid.*

*

Schneeregen verursachte ein nadeliges Knistern am Fenster. Unwillkürlich hob Xaver die Schultern, als ob der Kälteschauer nicht die Scheibe, sondern seine Haut träfe.

Nach Geburtskomplikationen hatte Marlen hier am Hof eine Kuh betäubt. Als Flo davon berichtete, konnte Xaver seine Aufregung nicht verstehen. Marlen saß an der Quelle für Narkosemittel, schön und gut, aber wem würde es einfallen, sich damit zuzudröhnen?

Da hängt es dich ordentlich aus, sagte Flo, schwer zu beschreiben, wirst ganz euphorisch. In den Innsbrucker Clubs wäre Keta beliebt.

Tage später besuchte Xaver seine Schwester. Sie erzählte gerade, oberhalb des Hauses ein Stück Grund kaufen zu wollen, um Platz zu haben für einen Pool, da trat die Assistentin in die Ordination, es gebe Probleme mit einem Hund, draußen in der Einfahrt. Alleingelassen stöberte Xaver rasch umher. Es konnte eine

Art Trophäe sein, eine Provokation wie das Schlachten, von dem Marlen in ihrer offiziellen Tätigkeit nichts wissen durfte. Als er das Fläschchen einsteckte, wusste er, dass das nur Beschönigungen waren, es ging um etwas anderes. Die Erwähnung des Grundstückskaufs hatte genügt, seine Wut zu wecken.

Nach Praktikum und Studienabschluss war Marlen ins Dorf zurückgekehrt. Mit Paul und Tina, damals ein Kind, bezog sie schließlich das Dachgeschoss der Pension. Anna hatte erneut mit dem Kellnern begonnen. Sie hauste in der Werkstatt und blieb ihren Phasen treu, taumelte aus dem Suff hervor wie eine Katze, die acht ihrer Leben eingebüßt hatte, ertrunken, erfroren, verbrannt worden war, aber nun alles gab, um mit dem verbliebenen Leben jegliche Verfehlung wiedergutzumachen. Xaver bekam eines der leeren Fremdenzimmer, seit einiger Zeit ruhte das Geschäft mit den Urlaubern. Aber man würde es wieder aufnehmen, hatte er gedacht, oder Pächter suchen.

Wer den finalen Plan ausgeheckt hatte, erfuhr er nicht. Vielleicht Anna oder Marlen, vielleicht Paul. Jedenfalls, so erfuhr er von der Mutter, sollte ihrer Tochter das Haus überschrieben und er, der Sohn, ausbezahlt werden. Marlen erklärte ihm, wie die Summe berechnet worden war. Der Kredit, noch nicht getilgt. Dafür Sonnseite, eine Wasserquelle, grandioses Panorama, die Lage sei einiges wert. Von da an wurde Xaver monatlich Geld überwiesen, sodass er sich den Wunsch, als Koch zu kündigen, endlich erfüllen konnte.

Die Beträge stammten nicht von Marlen, zumindest nicht zu Beginn, sondern von Paul oder dessen Eltern und daher vom Veithof. Und wenn Annas Erzählung der Wahrheit entsprach und das Hotel auf dem Feld des Urgroßvaters stand, auf einem Stück Wiese, das dieser im Rausch verspielt hatte, dann schien es ihm nur recht und billig, die Kohle rauszuhauen. Er mietete sich eine eigene Wohnung und stattete diese mit Möbel und einer neuen Küche aus. Marlen dagegen setzte einen Traum um, der weder Urlauber noch Pächter beinhaltete. Gebaut sollte werden, eine eigene Ordination. Die Tischlerei wurde ausgeräumt, Xaver behielt sich den Atlas, Anna das Jesus-Gemälde; der Großteil landete in einem Container für Bauschutt. Marlen gelangte auf Basis des Erbes und mit Paul an ihrer Seite zu Wohlstand. Er freute sich für sie, und es ärgerte ihn doch.

Xaver wurde das Gefühl nicht los, abgespeist worden zu sein. Vielleicht hätte er auf mehr Geld bestehen sollen oder auf eine Art von Wohnrecht, das ihm Zugang zum Haus garantierte. Jetzt war es bei jedem Besuch, als würde er ein fremdes Gebäude betreten. Und es stimmte: Mit diesem Haus hatte er nichts zu schaffen. Und jenes, in dem er aufgewachsen war, existierte nicht mehr.

Der Diebstahl war kindisch, doch hatte genügt, die Missgunst abzutöten. Bisher hatte Marlen das fehlende Betäubungsmittel mit keinem Wort erwähnt, vielleicht war es ihr gar nicht aufgefallen.

*

Lass mir doch mal die Tür offen, sagte Erwin.

Seit Xaver mit dem Fläschchen hier aufgetaucht war, provozierte Erwin ihn immer wieder damit. Man könne die Praxis ausräumen, die Pulver und Tropfen auf den Schihütten absetzen: Wir verdienen uns dumm und deppert, behauptete er, was glaubst, wie gut sich Keta verkauft.

Xaver stellte sich vor, sie wären wieder jugendliche Dealer, die sich Abenteuer wie Geistreisen und Drum 'n' Bass-Partys in ihr Leben wünschten. Wie wenig seither passiert war. Flo bewohnte weiter dasselbe Zimmer. Anstatt des Röhrenfernsehers hatte er jetzt einen LCD-Bildschirm an der Wand, sich eine Spielkonsole zugelegt und die Bong getauscht, aber sonst ...

Ob es am Hof Neuigkeiten gebe, wollte Xaver wissen, und Flo legte den Kopf in den Nacken.

Einer meiner Brüder will Stiere züchten, für die Landesschau, sagte er.

Ein Stier, davon sollte Xaver sich etwas abschauen. Der Schädel ein haariger Block mit kurzen Hörnern. Die Wucht, die in dieser stämmigen Statur ruhte. Ein niedlicher Dämon. Warum als Reiher über den Kirchplatz staksen, besser, sich Anleihen an einem solchen massiven Wesen zu nehmen. Im nächsten Stück spielte er einen korrupten Gemeinderat, dieser Charakter verlangte ein gewisses Stierschnauben. Lauernde Präsenz, unberechenbar, selbstbewusst; fünfzehn Prozent, mehr war nicht nötig.

Er nahm eine Patrone, eine mit rotem Punkt. Aus der Tasche seiner Jacke, die er über die Stuhllehne gehängt hatte, holte Xaver den *Blitzer*, steckte die Patrone hinein und schloss die Klappe, eine einzige Bewegung, flüssig und schnell. Mit einem Grinsen deutete Erwin auf den Schussapparat. Kennst du den Film *No Country for Old Men*? Der Killer, wie heißt er, der hat auch so eine Waffe, nur größer.

In der Rolle des Auftragsmörders wirft Javier Bardem eine Münze, um das Schicksal seines Kontrahenten zu bestimmen.

Kopf oder Zahl?, fragte Xaver, und Erwin antwortete: Kopf.

Er fing den Kronkorken aus der Luft. Flo reckte sich für einen Blick in die geöffnete Hand. Bazmeg, sagte er. Kurva, sagte Xaver in resigniertem Tonfall und zielte auf Erwin.

Dieser antwortete, weiterhin ein Grinsen im Staubgesicht: Ich muss los, meine Kleinste hat morgen einen Arzttermin.

Flo beugte sich zur Teleshop-Lieferung, kam mit einer Pfanne wieder hoch, fragte: Teflon für den Godfather?

Erwin zuckte die Schultern. Ja, gern, warum nicht.

*

Flos Handy leuchtete auf, genervt legte er es fort: Jetzt ruft mich der Vater schon an, weil wir angeblich zu laut sind. Er gähnte, streckte sich, und sagte: Ich muss buckeln, kommst mit?

Im Winter gab es für ihn als Maurergehilfen keine Arbeit. Bis zum Frühjahr, wenn die Baustellen wieder in Betrieb genommen wurden, fettete er die Stütze mit Gelegenheitsjobs auf.

Durch den finsteren Flur, die Treppe runter, hinaus. Nebelschwaden hingen zwischen den Bäumen, Reste des Schneeregens. Rückbank und Kofferraum von Flos Einser-Golf waren mit fest verschnürten Tageszeitungen beladen. Sie fuhren taleinwärts, begannen dort mit der Auslieferung. Flo zog die Handbremse, steckte Zeitungen in die Postkästen. Xaver holte einen Packen nach vorne und schnitt mit einem Teppichmesser das weiße Plastikband durch. Er reichte Flo Exemplar um Exemplar, manchmal lief er selbst durch die nasse, glitzernde Nacht. Unterwegs deuteten sie auf dieses Haus oder jenen Hof: Verlobt. Abgehauen. Ledig, mit zwei Kindern.

Im Licht der Straßenlaternen flackerte Flos Profil. Xaver nickte in Richtung eines weiteren Hauses: Verheiratet.

Hab gehört, dass die Scheidung ansteht, sagte Flo.

Xaver pfiff leise durch die Lippen. Sie war die Schönste in unserer Klasse, sinnierte er, und Flo widersprach: Spinnst, keine war schöner als Karin.

Die nächste Einfahrt. Flo eilte mit der Zeitung eine

Steintreppe hinauf zur Haustür. Wieder hinter dem Lenkrad, sagte er: Man müsste echt den Einsiedler fragen.

Daran hab ich auch schon gedacht, erwiderte Xaver.

Flo zündete sich eine Zigarette an, sagte: Aber wo der jetzt ist.

Sie rasten den Bach entlang, das Weiß des Schnees auf dem Schwarz der Bäume, ein durchkreuzter Scherenschnitt. An einer Brücke machten sie Halt, Xaver holte zwei Dosen Cola und eine Packung Chips aus dem Handschuhfach. Sie aßen und tranken, schweigsam, wie so oft. Seit damals, nach dem Vorfall mit den Pilzen, hatten sie dieses Miteinander regelrecht perfektioniert. Flo war in Therapie, und bis er auf die Medikamente eingestellt war, pflegte er im Dorf an der Busstation zu sitzen. Stundenlang stierte er im Wartehäuschen zu Boden, reglos, von der mechanischen Bewegung des Rauchens abgesehen. In der Zimmerstunde gesellte Xaver sich zu ihm. Das genügte, irgendwie. Neben Flo zu sitzen und allen anderen Einheimischen, die vom Schicksal des Dengg-Buben wussten, zu beweisen, dass er ihn nicht aufgegeben hatte.

Geht mir nicht ein, dass man den Jungen nicht findet, sagte Flo. Sorgt für eine Tragödie, garantier ich dir.

Weißt, woher das Wort kommt?

Welches?

Tragödie. Ist aus dem Griechischen, bedeutet so viel

wie Geis und Lied zusammen. Das Klagen der Ziegen, wenn ich's richtig im Kopf hab, oder der Liebeskummer eines Bocks.

Du schaust zu viel Millionenshow.

Nein, ich les grad echt ein gutes Buch über Schauspielerei ...

Flo tippte auf die Uhr des Autoradios. Wir müssen uns beeilen, unterbrach er ihn und startete den Motor.

Die Zeit, von wegen. Wann immer Xaver vom Theater erzählen wollte, suchte Flo eine Ausflucht. Vielleicht weil er es als lächerlich abtat oder einfach nicht verstand. Baumstämme schossen vorbei, schiefergrau im Strahl der Scheinwerfer. Sie steuerten in eine enge Kurve, Xaver hielt sich an der Türschlaufe fest. Die Umrisse eines Gebäudes tauchten auf. Flos linke Gesichtshälfte zuckte, als stecke unter der Haut jemand, der in Morsecode eine irrwitzige Nachricht zu senden versucht. Er parkte, sprang hinaus. Die Zeitung zwängte er in den Postkasten, verschwand dann im Schatten einer Hecke.

Xaver dachte an die heutige Suche. Was, wenn er die Umrisse eines Bewusstlosen übersehen hatte und Noah tatsächlich in der Felsspalte lag? Oder die vermeintliche Fährte ... Konnte es sein, dass sie wirklich war, was er im ersten Moment erhofft hatte, die Fußspur des Vermissten?

Er gab sich einen Ruck. Ehe er Flo folgte, vergewisserte er sich, dass niemand ihn durch eines der Fenster beobachtete.

Flo kauerte neben dem Schuppen, starrte in ein spärlich beleuchtetes Wohnzimmer.

Sie ist gerade von der Nachtschicht gekommen, flüsterte er, die Stimme verriet seine Zufriedenheit.

Hinter der gläsernen Terrassentür kämmte sich Karin die Haare. Sie schien längst schlafen zu wollen, nur aus Gewohnheit vor dem Fernseher zu stehen. In den Garten blitzten stumme Bilder, ein Nachrichtensprecher, der Kampf einer Raumschiffflotte. Karin im Flackern der wechselnden Szenen.

Dass sie mit mir Schluss gemacht hat, sagte Flo. Mann, wer würde denken, dass sie die Wildeste von uns war? Das könnte ich sein, der in ihrem Bett schläft, ich, nicht irgendein anderer Wichser. Liebe, Liebe, Battlefield.

Die Verflossene, ungreifbar und hinter Glas. Karin wandte sich, ihre Schläfen massierend, der Terrasse zu; im ersten Moment dachte Xaver, sie hätte ihre Beobachter entdeckt. Die Jalousien senkten sich, ließen ihre Gestalt verschwinden.

Mäh, sagte Flo, ein trauriges Blöken, das in ein kratziges Lachen überging.

Reiß dich zusammen, zischte Xaver, die hört dich sonst.

Flo ging in die Knie und spuckte in den Schnee. Alter, ich muss mit dem Rauchen aufhören. Er richtete sich auf und flüsterte: Passt, hauen wir ab, ich hab noch eine lange Tour vor mir.

*

Vor der Kirche stieg Xaver aus, Flo fuhr mit den restlichen Zeitungspacken in das Nachbardorf. Aus der *Krone* drang Musik, die Tür öffnete sich in einen heißen, verrauchten Raum.

Ein Urlauber, der nach Sonnencreme und Schnaps roch, rutschte in Schischuhen über den Fliesenboden. Aus den Boxen pumpte Reel 2 Real, *I Like to Move It.* An der Theke, in rotem Shirt, roter Hose, eine Schilehrerin, Mitleid auf dem erhitzten Gesicht. Einer schrie: Die Saulawine, und starrte ins Leere, wie sprachlos vor Entsetzen. Ein anderer glotzte Xaver an.

Wer beehrt uns denn da, sagte er und griff nach dem Tresen, um das Wanken auszugleichen. Ein Bier für meinen Cousin, rief der Typ der Kellnerin zu.

Warte, sind wir Cousins?

Er klopfte ihm auf die Schulter, Tina werde das schaffen, morgen steht die nächste Suche an, wir werden Noah finden. Ein Tablett *Haxenspreizer* ging herum. Für jeden ein längliches Zuckersäckchen, ein Glas Zitronensaft, ein Glas Wodka. Dreimal dieselbe Prozedur: mit dem Zuckersäckchen anstoßen, mit dem Zitronensaft, dem Wodka. Zucker und Zitrone und Wodka geext, im Mund behalten, dann durchspülen, runterschlucken.

Die *Krone* war von Zuversicht erfüllt. Morgen, sagte die Schilehrerin. Morgen geht's wieder rauf. Morgen retten wir ihn. Noahs Vater habe tausend Euro für jene ausgelobt, die seinen Sohn finden, erzählte einer. Nein, keine Belohnung, sagte ein anderer. Der Vater hocke im Keller und weine, und die Mutter irre durchs Dorf. Xaver dachte an die Behauptung des Bergretters, dass Anna und der Einsiedler miteinander zu tun hatten. Er sah sich um nach jemandem, der etwas wissen mochte. Man drückte ihm ein Bier in die Hand, auf Tinas Gesundheit, und er bedankte sich, stieß an.

An der Theke erschien der Kopf der Brunnerin. Sie sagte: Oha, der Xaver. Trägst ja immer noch die dreckige Jacke. Ihr grauer Haarkranz war zerzaust, die goldene Spange baumelte an einer losen Strähne.

Kennst du denn kein Daheim?, entgegnete er ihr.

Heut war Chor, und wenn ich schon im Dorf bin. Tut gut unter den Jungen.

Xaver sprach ohne weitere Umschweife an, was er erfahren wollte: Der Anheber, Mathoi, gibt's den noch?

Nach kurzem Überlegen verstand sie: Ah, hat damals gependelt. Macht er, ja. Aber ist schwer zu finden. Da war was, muss man jetzt nicht drüber reden.

Hab gehört, er wär bei meiner Mutter.

Gut möglich.

Sie wurde von hinten angerempelt und stolperte auf Xaver zu, klammerte sich an ihn.

Ich kenn deine Mama, sagte sie. Wir waren zusammen in der Schule, und hier in der *Krone* haben wir oft gefeiert.

Ihre Haare rochen nach Lavendel, ihn überraschte

dieser anziehende Duft. Sie brachte ihre Lippen an sein Ohr.

Weißt du, hörte er sie sagen, viele wandern rauf. Aber ein paar wenige machen den einen Schritt zu viel und stürzen ab. Kapierst?

Die Brunnerin rührte an einem wahren Punkt. War es auch kein Naturgesetz, so geschah es doch immer wieder, dass jemand in den Wald ging und, wie Flo, verstört zurück kam. Oder sich wie Anna in den Bergen verlor. Ob ihr je dieser eine Gedanken gekommen war, der ihn oft quälte? Ich hätte Konrad finden sollen, dachte Xaver auch jetzt. Ich und nicht sonst irgendeiner.

Er hätte sich trauen müssen. Ein paar Schritte nur, die Felskante entlang, wenig hatte gefehlt. Er sah es vor sich: der Wasserfall und der Tümpel, zwischen Sträuchern zu erahnen.

Die Brunnerin strich ihm über die Wange und sagte: Sowieso, sowieso, als hätte sie seine nächste Frage erraten. Da gibt's ein trockenes Bachbett, ist windgeschützt, so kommst schnell rauf zu ihr. Am Hochleger vom Dengg vorbei. Bist du nicht ein Freund von einem der Söhne?

Man packte Xaver an der Schulter und riss ihn von der Alten fort. Der Cousin rief, Xaver, komm, trink eins, doch er, stierköpfig, drehte sich um und ging nachhause. Niemand redete davon, doch Noah hatte die Zeit gegen sich. Vielleicht war es längst zu spät, und man hing nur noch der Illusion nach, ihn lebend zu finden.

Morgen würde ein weiterer Trupp nach dem Jungen suchen. Anstatt sich anzuschließen, würde er probieren, über Anna den Einsiedler aufzuspüren. Vielleicht brachte das den entscheidenden Hinweis. Die richtige Vorhersage im Fall von Konrad war sicher nur Zufall gewesen. Aber worauf hoffen, dachte Xaver, wenn nicht auf ein bisschen Glück.

Er stopfte das Nötigste in einen Rucksack; Taschenlampe, eine Wasserflasche, zwei Äpfel. Der Opel sprang nicht an, und er entschloss sich, in Richtung Kirche zu marschieren, die Schi geschultert. Aus der *Krone* dröhnte weiterhin Musik. Wo er abends, am Weg zum Hof, in den Wald abgezweigt war, blieb er stehen.

Als sich das Heulen des Motors näherte, trat Xaver auf die Straße. Die Streifen seiner Jacke reflektierten das Scheinwerferlicht, der Wagen bremste. Flo öffnete von innen die Tür, grinste ihm entgegen.

Hab ich mir gedacht, dass ich dich heut nochmal seh, sagte er, ein Gähnen unterdrückend.

Kannst mich reinbringen?

Ohne die Antwort abzuwarten, setzte sich Xaver in das Auto. Mittlerweile war Flo alle Zeitungen losgeworden.

5

Xavers Atem und das Knirschen der Schritte waren auffallend laut. Wie angekündigt, kam er zügig voran. Im Osten schimmerte die Firnkuppe eines Gletschers. Bis zum Horizont erstreckten sich Berge, in ihrem Schatten Täler und Dörfer, die Xaver nur vom Namen kannte. Flo hatte ihn bis zur Bachrinne gebracht. Er mache es ein bisschen wie Xavers Mutter und harre im Hochleger aus. Bis in den frühen Herbst fanden dort die Kühe Unterstand, im noch verlassenen Stall – ein windiger, finsterer Bau, an den Mauern steinerne Tröge und Eisenringe – gab es eine Kammer. Fern vom Hof der Eltern, dem Klopfen und den Anrufen, wollte Flo auf Xaver warten.

Bald würde die Sonne in jeden Winkel vordringen, den nächtlich harten Boden aufweichen. Xaver trieb sich zur Eile an, schlitterte abwärts in eine mit Fichten bestandene Senke. Von Vogelkrallen hinterlassene Tupfer, sonst war der Schnee unberührt. Eine hohe Zirbe diente ihm zur Orientierung. Zwischen den Zweigen hindurch funkelten Solarzellen, zwei metallische Quader am Dach. Abseits der Brunnen; vom Rohr hing ein dicker Eiszapfen, der darin eingeschlossene Algenbart dunkelgrün.

Xaver lehnte die Schi an die Hüttenwand. Als sein Rufen ohne Antwort blieb, drückte er die Klinke. Hitze schlug ihm entgegen. Der Raum reichte aus für Tisch und Eckbank, gegenüber ein Ofen. Ein Geschirrkasten, vermutlich vom Müllplatz geholt, Rest einer demontierten Küche. Dazu zwei Gartenstühle, einer rot, der andere blau.

Mit Reißzwecken an den Wänden befestigte Fotos zeigten Tina. Im Kindergarten oder als Volksschülerin, auf einem Fahrrad, am Bachufer. Eines der Bilder fesselte Xavers Aufmerksamkeit. Wie bei ihrem letzten Aufeinandertreffen trug sie eine weiße Haube, ihre dunklen Locken quollen hervor. Das markante Grinsen, als würde Tina bereits den nächsten Berghang anvisieren, voller Vorfreude auf den Kick. Anna hatte ihren Arm um die Schulter des Mädchens gelegt, die beiden posierten draußen am Brunnen, es musste vor nicht allzu langer Zeit gewesen sein. Auffällig war die Ähnlichkeit zwischen Oma und Enkelin, die Haare zweifellos, das Lachen, aber da war auch etwas, das, weniger greifbar, sich nur durch ein Blitzen in den Augen mitteilte.

Wann war es, grübelte Xaver, vor drei Sommern, ja, da hatte er Anna geholfen, ihre Habseligkeiten hinaufzutragen. In Xavers Kindheit verbrachte Konrad hier Jahr für Jahr einige Wochen; den Rückzug auf den Greit wolle nun auch sie versuchen, als Rentnerin, sagte Anna, ließe sich ein solches Vorhaben leicht umsetzen. Erst kam sie für Besorgungen regelmäßig ins Tal, bald aber wurden die Phasen ihrer Abwesenheit länger, und man gewöhnte sich daran, sie nicht zu sehen. Tina, verriet das Foto, pflegte einen vertrauten Umgang mit ihr, Xaver dagegen musste sich eingestehen, dass sie ihm entglitten war, und er hatte es nicht einmal wirklich bemerkt.

Fünf Steine stapelten sich auf der Fensterbank, der Größe nach getürmt. Zwei waren türkis, von weißen Adern durchzogen, die anderen drei silbern und wie von Rost bestäubt. Wo mochte die Mutter sein? Er holte das Smartphone hervor, um nach der Zeit zu sehen. Das Display blieb schwarz, und er steckte es zurück, verärgert über sich selbst, weil er nicht daran gedacht hatte, das Telefon zuhause aufzuladen. Er hob den Deckel von einem Topf; darin ein Stück Eis, im Schmelzwasser Fichtennadeln. Seine Hand schwebte über dem Ofenherd, die von rötlichen Striemen gezeichnete Eisenplatte strahlte eine starke Wärme aus. Er wollte zur Tür, hinter der die Schlafkammer lag, aber die Schneeklumpen, von seinen Schritten auf dem Boden hinterlassen, machten das ungefragte Eindringen allzu deutlich, und er beschränkte sich darauf, sich nur neugierig umzusehen. Eine leere Bierflasche diente als Aschenbecher, auf einem Bogen Zeitungspapier häuften sich Zigarettenstummel. Ein Korb mit Werkzeug; Axt und Säge, eine Packung Nägel. Ritzen zwischen den Wandbrettern waren mit Stofffetzen abgedichtet. Neben dem Fenster hing ein Kruzifix – seltsam, er hätte Anna nicht für gläubig gehalten –, geflochten aus trockenen Disteln; den Gekreuzigten stellte ein mit Bindfaden festgeschnürtes, glatt geschliffenes

Wurzelstück dar, dessen Windungen eine menschliche Form verrieten.

*

Er trat hinaus und umrundete die Hütte. Ein in den Schnee getretener Weg führte in den Wald. Xaver glaubte, ein Poltern zu hören, und stapfte den Lauten nach. Der Blick öffnete sich auf eine Halde, sonnseitig und großteils freigeapert; dort kauerte eine aufgeplusterte Gestalt.

Sie trug eine schwarze Jacke, hatte sich einen Schal umgewickelt, das Gesicht verbarg eine Schibrille mit gelben Gläsern. Steine wurden aufgeklaubt, betrachtet, fortgeworfen; mit einem hohlen Klang rollten sie bergab, während das Stöbern von Neuem begann. Ihr gebückter, dem Hang zugewandter Körper, fast auf den Knien. Zwischen den Fingern ein rötlicher, silbern gesprenkelter Stein; diesen steckte sie in die Jackentasche. Die nächste Ausbeute, eine schiefergraue Platte, schleppte sie zu einer hüfthohen, etwa drei Meter langen Mauer. In den niederen Lagen fand man solche Begrenzungen häufig, hier dagegen war es ein seltener Anblick. Der Sinn hatte sich Xaver nie ganz erschlossen, die Wälle wirkten wahllos verstreut, nicht wie Markierungen eines Feldes. Die Arbeit fand zu keinem Ende, man säuberte die Hänge vom Geröll, schichtete Stein um Stein und verschaffte den Tieren dadurch ein bisschen mehr Weidefläche. Aber nirgends in der Umgebung gab es einen Hinweis auf eine Ziege, kein Verschlag, kein eingelagertes Heu.

Die Gestalt passte die Steinplatte ein, drückte und schob, versuchte es an einer anderen Stelle; das könnte der eigentliche Grund sein, dachte Xaver: Man beschäftigte sich und errichtete ein kümmerliches Bauwerk zum Beweis der eigenen Existenz, mehr brauchte es vielleicht gar nicht. Das Gesicht in der Morgensonne, machte sie eine Pause. Es schien möglich, dass sie sich gleich auflösen würde, ein Zwinkern und sie wäre im Schuttwerk verschwunden, und ehe das passierte, hob er die Hand und winkte ihr, schrie.

*

Zurück in der Hütte nahm Anna die Schibrille ab. Auf halbem Weg waren sie einander gegenübergestanden, und erst hatte die Mutter enttäuscht gewirkt, als wäre anstelle des Sohnes von ihr jemand anderer erwartet worden. Jetzt aber fasste sie ihn mit einem freudigen Glucksen am Oberarm und rief: Schön, dich zu sehen! Aus der Jackentasche holte sie den rostrot marmorierten Stein, legte ihn vorsichtig auf den Stapel am Fensterbrett.

Was bringt dich zu mir?, fragte sie und zog sich die Haube vom Kopf, entblößte unerwartet weiße Locken. Warum lachst?

Er deutete auf ihre Haare. Was ist da passiert?, fragte er, um einer Erklärung für seinen Besuch vorerst auszuweichen. Ich wusste gar nicht, dass du so alt geworden bist.

Das Alter, sagte sie, hat dich schneller, als du glaubst, pass dir auf, und dabei hielt sie ihm eine der auffällig hellen Strähnen entgegen.

Aber das war es nicht allein, vielmehr zeigten sich in ihrem Äußeren Merkmale der Höhe; die starke Sonne, der beißende Wind; ihre rotgeschwollenen Fingerknöchel, die tiefgebräunte, trockene Haut; die Falten um die Augen, die nicht vom Lachen, sondern vom grellen Tageslicht kamen, dem blendenden Schnee. Sie streckte die Hände von sich, bewegte leicht die Finger. Endlich schaffte sie es, eine Faust zu formen.

Dauert, bis ich die Kälte raushab, sagte sie mit einem Seufzen. Aber solang es nicht die Gicht ist …

Sie setzte sich und deutete Xaver, gegenüber Platz zu nehmen. Ihre Hände auf dem Tisch zitterten, eine unscheinbare Regung. Anna schnaufte durch, die Hände beruhigten sich. Es war das erste Mal, dass er ein körperliches Anzeichen ihres Trinkens bemerkte. Vielleicht war es ihm bisher bloß nicht aufgefallen, oder sie hatte es verheimlicht, falls das ging, aus Scham oder um ihn vor einem solchen Anblick zu schützen.

Anna zog den Zeitungsbogen zu sich heran und löste die Filter aus den fertiggerauchten Kippen. Er reichte ihr seine eigene Packung; nach kurzem Zögern nahm sie sich drei Zigaretten. Riss das Papier ab, bröselte den Inhalt auf die Tabakreste. Sie trug den Ehering nicht mehr, bemerkte er. Vielleicht gab es in der Hütte etwas zu entdecken, das ihm bisher entgangen war. Doch nein, keine Erinnerung an Vinz. Kein Foto zumindest, auch nicht von Marlen oder ihm selbst. Er störte sich daran, und seine Stimme verriet den Ärger: Wird es dir nicht zu langweilig hier?

Anna blieb auf ihre Hände konzentriert. Den Tabak schob sie an den linken Zeitungsrand, die Filter an den rechten. Die Stille, sagte sie. Im Spätherbst hauen erst die Bauern ab, dann die Wanderer. Irgendwann hörst nur noch die Vögel und bald auch die nicht mehr.

Sie stand auf, brachte den Topf mit dem schmelzenden Eisklumpen zur Ofenplatte. Aus einer Dose schöpfte sie mehrere Löffel Kaffeepulver in eine Kanne, einen Plastikbeutel mit Butterkeksen legte sie vor Xaver auf den Tisch.

Aber ich möchte schon mal wieder runter, sagte sie, und es klang wie eine Entschuldigung.

Xaver nahm sich einen Keks, biss ein Stück ab. Er kaute langsam, nickte. Wie könnte er es sagen, ohne Mutter unnötig zu erschrecken. Tina und Noah und die Lawine, er suchte nach einem Beginn, den richtigen Worten. Anna streckte die Arme, kreiste mit den Schultern, um nach den Fingern nun den Rest ihres Körpers von der Kälte zu befreien. Warum nicht noch warten, eine Minute vielleicht. Sie sah ihn auffordernd an, irgendetwas musste er sagen. Neben ihm lag seine Jacke, aus der Tasche lugte der *Blitzer*. Er hatte ganz vergessen, dass er ihn seit gestern mit sich trug. Vielleicht könnten sie Anekdoten teilen, eine Geschichte von früher, dachte er und holte den Apparat hervor.

Anna verzog angewidert das Gesicht: Tust dir diese Scheißarbeit immer noch an? Ich weiß nicht, wie's dir damit geht, aber mich hat's aggressiv gemacht ... die armen Viecher und das Blut.

Jetzt saß er schweigend da, ziellos spielten seine Finger mit dem *Blitzer*, taten dasselbe wie die von Anna vorhin mit den Zigarettenstummeln. Die Hände wegzuziehen würde einen Riss erzeugen, dachte er. Mutter würde aufhören zu reden, und es wäre endgültig unmöglich, den Grund seines Besuchs zu erklären. Er horchte auf ihre Stimme: Das Geld von Marlen, fürs Haus, ich hätt geglaubt, dass du damit was Gescheites anfängst. Oder abhaust, was auch immer.

Bestimmt fragte sie sich, wie es sein konnte, dass er trotz des Erbes, das ihm ausbezahlt wurde, das tat, was Konrad oder auch sie selbst getan hatte, nämlich sich durchzuschlagen. Dabei ging es gar nicht ums Geld, nicht nur, sondern darum, sich durch diese Arbeit einzufügen, viel gründlicher, als es anders im Tal je machbar wäre. Peters Cousin würde ihm das Auto reparieren. Natürlich hätte er auch die Werkstatt beauftragen können, aber wichtig war der Tausch, der Gefallen, den man sich gegenseitig erwies. Doch was kümmerten Anna derartige Erklärungen, dachte er. Und wie kam sie nur auf die Idee, er sollte abhauen. Wozu fortgehen; ob dieses oder ein anderes Dorf, man musste über die Runden kommen, das galt in jedem

Tal und in einer Stadt sicherlich auch, und sie wusste es ebenso gut wie er selbst.

*

Ach, wie ich immer nörgle, sagte Anna. Schön dich zu sehen, wiederholte sie und schob den Stuhl zum Ofen, kletterte hinauf und hängte ihre Jacke über einen der Kleiderbügel, die an Haken von der Decke baumelten.

Xaver packte den Schussapparat in den Rucksack. Aus der Hosentasche fingerte er das Medaillon, behielt es in der Faust. Fast drei Jahre bist jetzt oben, sagte er, aber weshalb, das weiß ich nicht.

Sie machte eine Kopfbewegung, die vieles bedeuten konnte. Irgendwann gehen dir die Möglichkeiten aus, glücklich zu werden, sagte sie, und bevor es so weit ist, versuch ich es lieber hier. Behäbig stieg sie vom Stuhl.

Ach komm, sagte er, so alt bist auch nicht.

Grinsend und mit einem Tänzeln wandte sie sich zum Ofen, schöpfte heißes Wasser aus dem Topf in die Kanne mit Kaffeepulver. Wirst nicht glauben, wie schnell es sich verändert, sagte sie und schenkte zwei Tassen voll. Letzten Sommer sei ein Regen herab, ganz unvorstellbar, in Sekunden wurde aus jedem Rinnsal eine Sturzflut, sie habe geglaubt, der Hang würde abrutschen und als gigantische Mistfuhr das Tal unter sich begraben. Eine Viertelstunde, länger habe es nicht gedauert. Und wie ich raus bin, so Anna, da lagen die Steine anders, und ein jedes Bachbett nahm einen neuen Lauf. Erst mit der Zeit versteht man, dass sich alles umwälzt. Und wenn der Winter vorbei ist und der Schnee schmilzt und es taut und knackt, dann schüttelt sich der Berg, musst genau hinschauen. Ich sag dir, das macht er, lach nicht so dumm.

Ein Windstoß ließ die Fensterscheibe vibrieren, leise klirrte das Glas. Xaver öffnete die Faust, das Medaillon fiel auf den Tisch. Mit der Spitze ihres Zeigefingers, behutsam, wie sie den Stein auf dem Stapel ausbalanciert hatte, berührte es Anna. Sie blickte Xaver an, sagte: Das kenn ich doch, das ist von Mathoi.

Er platzte mit seinem Bericht heraus, von der Lawine und Tina im Spital, von Marlen im Warteraum und dem Jungen, der abgängig war, und Anna horchte zu, die Augen geschlossen, die Hand vor dem Mund, wie um zu verhindern, dass die Erzählung ihr ins Innere drang. Er räusperte sich. Den Einsiedler, sagte er, den bräuchte man, vielleicht könnte der wieder pendeln.

Dass ihr euch seht, stimmt das?

Anna aber sprang auf und griff nach dem Saum ihrer Jacke, riss sie vom Bügel. Ich will zu Tina, sagte sie, schon bei der Tür. Xaver trug Marlens letzte Nachricht auswendig vor. Es geht ihr den Umständen entsprechend, Mama, aber den Bub, den müssen wir finden. Er machte einen neuerlichen Versuch: Weißt du, wie man an den Einsiedler rankommt?

Wieder das leise Klirren des Fensters. Beide spähten hinaus, zum Grat, wo Schnee in den Himmel wirbelte; glitzernde Fontänen, die sich im Blau auflösten.

Ich hab die Lawine gehört, sagte Anna. Diesen Lärm, das Krachen. Mathoi hab ich seither nicht getroffen. Komm, sagte sie dann, Schal und Schibrille in den Händen.

*

Sie kreuzten die Geröllhalde, an der Mauer vorbei und eine Klamm hinab. Zweigspitzen ragten aus dem Firn und scharfkantige Steine. Achtung, rief Anna ihrem Sohn zu, wenn du da drüberrutschst, schneidet es dich auf.

Eine Steilwand war von trüben Kaskaden durchsetzt, ein Sturzbach, in wunderschönen Formen erstarrt. Eine Mulde musste gequert werden; Xaver sprang zuerst und sank bis zur Hüfte ein. Den Rucksack samt Schiern trug er auf dem Kopf. Ihn umfing kalte, pulverige Weichheit, und wie auf Schollen verdichteter Luft arbeitete er sich langsam durch den Tiefschnee. Mit den Händen grabend, eher rudernd, versuchte er, für Anna eine Spur zu bahnen.

Geht's dir?, fragte er, und sie zischte genervt.

Da flackerte ein Schatten, am Himmel kreiste ein dunkler Fleck, ein Habicht vielleicht oder ein Falke. Zog der Vogel in die Sonne, verschwand er im Gleißen, eine weitere Drehung, und er wurde wieder sichtbar, die Flügel reglos ausgebreitet. Anna deutete auf einen Felszacken, dort habe sie sich einmal mit Konrad vor dem Aufsichtsfischer versteckt. In flagranti beim Angeln erwischt und nur knapp entkommen, die Forellen aber haben umso besser geschmeckt.

Mal vor, mal hinter Xaver, wies sie den Weg. Für ihn war es eine Abfolge ununterscheidbarer Verwehungen, ein kümmerlicher Baum glich dem nächsten, bald wunderte er sich, ob er alleine zurückfinden könnte.

Sie erreichten eine Hütte, er hoffte, es wäre vielleicht jene von Mathoi. Mutter aber murmelte hinter dem Schal hervor, dass sie nur kurz Stopp machten, vielleicht gebe es etwas zu holen. Unter der Sitzbank tastete Anna nach dem Schlüssel.

Hier hat der Staub gewohnt, sagte sie. Seit letztem Herbst ist er nicht mehr da. Siebzig ist er geworden, dann war Schluss.

Durch das Fenster spähte Xaver ins Innere. Eben wollte er fragen, ob der Alte wirklich gestorben sei, er wisse nichts dergleichen, da ahmte auf der anderen Seite der Scheibe jemand seine Bewegung nach, eine dünne Gestalt, die ihr Gesicht an das Glas presste.

Er schreckte zurück: Mama, da ist jemand.

Leise fluchte sie, kaum aber ging die Tür auf, zeigte sie ein gewinnendes Lächeln.

Ach, die Guna, sagte eine Frau, die etwas jünger sein mochte als Anna.

Während man ihren Bruder, den vormaligen Bewohner dieser Hütte, mit Spitznamen Staub rief, weil er einst im Sägewerk gearbeitet hatte, nannte man sie, die viel schmäler war, aufgrund ihres Äußeren Feinstaub. Sie sei vor einiger Zeit her, um ein bisschen auszuspannen, erklärte sie und ließ die beiden ein. Und sie müsse nach dem Rechten sehen, bald kämen neue Gäste. Was solle man anderes machen als zu vermieten. Hoffentlich schneit's nicht nochmal, man komme sonst nicht mehr rauf, geschweige denn runter. Zu rauchen habe sie seit vorgestern nichts mehr.

Anna unterbrach Feinstaub mit der Frage, ob sie Mathoi gesehen habe. Würd mich schrecken, wenn der Waldschrat bei mir auftaucht, antwortete sie. Ohne den herablassenden Ton zu beachten, hielt Anna ihr den Beutel hin, in dem sie Tabak, Filter und Zigarettenpapier verwahrte.

Wie geht's Staub?

Die Frau schnalzte abfällig mit der Zunge, schwer zu erraten, ob ihres Bruders oder des Beutelinhalts wegen. Kranke Augen, erklärte sie Xaver, ich musste ihn ins Spital bringen.

Und dann hast ihn ins Altenheim verfrachtet, sagte Anna, gehässig. Armer Kerl, der hält es doch dort nicht aus, der will wieder her, das weißt du.

Was soll das heißen, armer Kerl, erwiderte Feinstaub. Aus dem Regal, zwischen geschnitzten Kuhfiguren, zog sie ein großformatiges Notizbuch, schlug es auf: Schau, wies sie Xaver an. Tag für Tag habe er das Wetter festgehalten, im Schrank fänden sich Aufzeichnungen, die an die dreißig Jahre zurückreichten.

Xaver blätterte durch das Heft. Erst waren es Beobachtungen in ausladend geschwungenen Buchstaben, stichwortartig notiert: *Graupel, schwindsüchtig, frostklar*. Gegen Ende, Seite für Seite, vermerkte jeder Eintrag bloß: *Sonne*. Zuletzt Gekritzel, wie Schneegestöber, ein dichter Schauer von schwarzen Haken, Punkten und Wellen.

Da war er schon fast blind, sagte Feinstaub und tippte, die fertig gedrehte Zigarette im Mundwinkel, energisch auf die unleserliche Schrift.

Anna öffnete eine Bodenluke, betätigte im Hinuntergehen einen Schalter. Schummriges Licht zuckte auf. Neugierig folgte ihr Xaver über eine schmale Treppe in den Keller, ein Gewölbe, kaum höher als eineinhalb Meter. Anna kniete an einer Stellage, stöberte durch die Konservendosen und Müslipackungen, von früheren Gästen zurückgelassen.

Pack das ein, bat sie Xaver und reichte ihm, was ihr ins Auge stach.

Nimm nicht zu viel, rief Feinstaub von oben.

Keine Sorge, antwortete Anna, Ravioli gegen Apfelmus abwägend. Hast was gut bei uns.

Als Xaver den Rucksack verschloss und sich in gebeugter Haltung umdrehte, fiel ihm auf, dass die rechte Wand des Kellers frei war. Vom Licht der Glühbirne schwach erhellt, schien dort ein Schlund geradewegs ins Innere des Gebirges zu führen.

*

Am gegenüberliegenden Rand einer Lichtung ragte eine Felsnadel, ein markanter Zacken. Xaver erinnerte sich: das sumpfige, mit Disteln bestandene Feld, die aus silbrigen Steinen geschichtete Hütte, auf dem Dach ein seltsames Gebilde. Unverändert reckte sich die Mistgabel zum Himmel, an den Kabeln, die sich zu den Ecken des Quaders spannten, hingen Eiszapfen. Anstelle der zusammengenagelten Zaunlatten gab es nun eine richtige Tür und in der Mauer talwärts sogar ein Fenster, den Rahmen hatte man mit Silikonschaum abgedichtet. Aus dem Inneren kam lautes, aufgeregtes Meckern.

Er ist nicht da, sagte Anna.

Xaver hatte es bereits geahnt. Der Einsiedler hielt offenbar eine Ziege, für die Wärme und die Milch, ihr Geschrei bedeutete, dass sie gemolken werden musste.

Vielleicht hat ihn auch die Lawine erwischt, sagte Xaver, und sie lachte, erwiderte: Den sicher nicht.

Die gestampfte Erde war nun mit Brettern bedeckt. Ein winziger Ofen stand in der Hütte, ein Tisch und am Fenster ein zweiter. Über die Vorhangstange war eine orange Wolldecke gewickelt, rechts an der Wand ein abgewetzter Diwan. Mistiger Geruch erfüllte den

Raum. Über den Rand eines aus Zaunlatten gebauten Verschlags blickte das Tier, Zunge vorgereckt, bettelnd. Anna warf ihm einen Schneebrocken hin, kramte hartes Brot aus einer Plastiktasche, dazu zwei Handvoll Laub aus einem Korb.

Weit von Annas eigener Behausung konnten sie nicht sein, schätzte Xaver, das Gebiet war nicht groß. Aber die überwundenen Hänge, das Graben durch den Schnee, das zehrte. Er bemerkte es auch an der Mutter, die sich auf den Diwan fallen ließ. Die Ziege machte sich über Brot und Schnee her. Sie hatte eine gelbe Marke im Ohr, musste also jemandem gehören. Neugierig trat Xaver näher.

Damit verdient er sich was, sagte Anna, die ihren Sohn schläfrig beobachtete.

Er klaut die Viecher?

Sie, den Mund zu einem Gähnen aufgerissen, schüttelte den Kopf. Wenn eins abhaut, versucht Mathoi, es zu fangen. Dann kassiert er Finderlohn, Essen, Gewand, einen Haarschnitt, was auch immer.

Xaver war zum Tisch am Fenster getreten, blätterte durch vergilbte Tageszeitungen. Eine hielt er in die Höhe: Wird der auch in Altpapier bezahlt?

Sein Lesestoff, sagte Anna und erhob sich. Besser informiert bin ich aber auch nicht.

Sie packte den Rucksack aus, stellte die Packung Cornflakes und die Konservendosen auf eine Anrichte. Xaver stöberte durch Einweckgläser mit getrockneten, schwärzlichen Blättern, Wacholder vor allem und Frauenmantel, Brennnessel. Eine Schale mit Rindenstücken. Nägel, Drähte, eine kleine Hacke. Eine Schuhschachtel war voll mit Medaillons der Gottesmutter, wie auch Xaver eines vor mehr als fünfzehn Jahren aus der Hand des Einsiedlers bekommen hatte und nun wieder bei sich trug. Mit den Fingern wühlte er in den dünnen, silbernen Blättchen, es mussten hunderte sein, ein leises Klimpern war zu hören.

Er holte das eigene Medaillon aus der Tasche und schmiss es in die Schachtel. Mathois Abwesenheit enttäuschte ihn. Aber schwerer wog, dass ihm diese Enttäuschung klarmachte, einer Träumerei gefolgt zu sein. Hatte er ernsthaft gedacht, dass der Anheber das Pendel führe und sich sogleich der Ort preisgebe, an dem der Junge war? Niemand ließ sich einfach finden, nicht Mathoi und vor allem nicht Noah. Am Weg hierher hatte Anna erzählt, wie sie den Einsiedler nach der Ankunft im Gebirge gesucht hatte, denn vielleicht konnte er ihr in anderer Weise wieder beistehen. Das Trinken, sagte sie, ist mir tatsächlich nicht mehr wichtig. Er spricht Gebete, legt die Hände auf die Leber, auf die Schläfen, und ich denk, es hilft.

Es war ihm eine zusätzliche Bestätigung gewesen, dass sie Noah entdecken würden, wenn es gelänge, den Anheber aufzuspüren.

Er ging hinaus. An der Hinterseite der Hütte stapelte sich Brennholz, daneben ein zusätzlicher Haufen, mit einer grauen, schneeverkrusteten Plane abgedeckt. Von einem Scheit riss er die vertrocknete Rinde. Erstarrte Insekten wurden sichtbar, schwarze Tausendfüßler, aschfarbene Spinnen, winzige Eier, in eingefressenen Gängen abgelegt. Was bin ich für ein Idiot, dachte er. Bis jetzt hatte er geglaubt, das Versagen bei der Suche nach dem Großvater wiedergutmachen zu können.

Hat Mathoi wirklich Heilkräfte?, fragte Xaver, als er wieder eintrat, gehacktes Holz auf dem Arm.

Anna vergrub ihre Finger im Fell der Ziege, die ungerührt das Brot zerbiss.

Er weiß, wie man hilft, welche Mittel es braucht, antwortete sie und stellte einen Eimer unter die Euter. Sie rieb sich die Hände. Erschrick nicht, sagte sie zum Tier, ich hoff, ich bin dir nicht zu kalt.

Sie kniete sich hin, mit dem Rücken zu Xaver. Er beobachtete die rhythmische Bewegung ihrer Schultern.

Über das zischende Geräusch der Milch, die in den Eimer schoss, sagte Anna: Mathoi hat eine interessante Geschichte. Als Jüngster einer Bauernfamilie konnte er eigentlich nicht viel mehr werden als Knecht. Geld hatte er keins, Erbe würde es auch nicht geben, und als er mit den Viechern auf der Alm war, ist er mal einem Anheber begegnet, der gemerkt hat, dass er talentiert ist.

Wie, talentiert?

Na, die nötige – Anna hielt mit dem Melken inne,

dachte nach –, die nötige Veranlagung mitbringt. So läuft das, man gibt das Wissen an jemanden weiter, von dem man sich Gespür verspricht. Angeblich hilft's, wenn man davor schon mal vom Blitz getroffen wurde. Und man findet für sich selber raus, was einem liegt. Pendeln oder Kartenlegen, das Beten, welche Worte wann zu sagen sind oder wann gerade nicht. Und weil Mathoi unten nicht als Knecht leben wollte, ist er nach und nach zu einem geworden, der oben als Einsiedler haust.

Vom Tisch nahm er eine der alten Zeitungen, zerknüllte mehrere Seiten und steckte sie in den Ofen, zwischen das Holz. Anna kam mit der Milch aus dem Verschlag, goß zwei Tassen voll.

Aber funktioniert es?, fragte Xaver und zündete das Papier an. Wind fauchte durch das Ofenrohr, schnell wurden die Flammen größer. Er suchte einen Beleg dafür, dass Mathoi nichts ausgerichtet hätte, selbst wenn er hier gewesen wäre. Irgendeine Geschichte über ein Versagen, beschwichtigender Zweifel, das wollte er. Ich mein, das Pendeln bei Konrad … Das war Zufall, oder?

Anna schwenkte die Tasse in ihrer Hand. Dann sagte sie: Es braucht eine Gabe dafür. Man muss nicht nur wissen, welches Gebet man zu welchem Zeitpunkt spricht, sondern auch ganz von seiner Wirkung überzeugt sein. Der andere, der Bittsteller, muss das auch. Damals, ich weiß nicht, ob ich dran geglaubt hab. Aber andererseits, was wäre mir sonst geblieben.

*

Zu Mittag machten sie sich die Ravioli warm. Durch das Fenster beobachtete Xaver, wie Wolken die Geröllschneise eines gegenüberliegenden Hangs bedeckten. Anna schob den Teller zur Seite und drehte sich eine Zigarette.

Als Staub fortgebracht wurde, sagte sie, da ist mir Mathoi vorgekommen wie ein geschlagener Hund. Die Kippe zwischen den Fingern, fragte sie: Weißt du, dass er eingesperrt worden ist?

Xaver nickte. Wegen einem Bergführer, der mit ihm was verdienen wollt.

Nicht ganz. Eine Gruppe war bei ihm, jeder mit anderen Beschwerden, der Ischias, ein Abszess, womit auch immer man bei ihm antanzte, und einer hat ihn bei der Arbeit ungefragt fotografiert. Da hat Mathoi die Kamera bei der Tür hinausgeschmissen. Es gab Streit, Gerangel, die Polizei hat ihn geholt, Anzeige wegen Körperverletzung. Dass sie ihn gejagt haben, erzählt er gern. Sicher übertreibt er, er redet nicht allzu viel, aber wenn, dann ... Sie machte eine flatternde Bewegung mit der Hand, die Glut der Zigarette sprang umher. Man hat ihn nicht wirklich weggesperrt, aber nach Innsbruck gebracht. Betreutes Wohnen, etwas in der Art, Resozialisierung, obwohl ich mir beim besten Willen nicht denken kann, was für einen Job man für ihn vorgesehen hätte. Natürlich ist er davongelaufen und wieder hier aufgetaucht. So hilfsbereit wie damals ist er nicht mehr, er ist scheu geworden. Noch scheuer. Was für eine Angst er davor hat, einfach fortgeschafft zu werden, das hab ich aber erst bei der Sache mit Staub begriffen.

Sie stellte die leere Raviolidose auf die Fensterbank. Wie selbstverständlich sich die Mutter hier bewegte, dachte Xaver und wollte nach dem Grund dafür fragen. Woher dieses Wissen um den Einsiedler, das offensichtliche Vertrauen, Anna aber war schneller: Ich muss dir etwas zeigen, sagte sie und öffnete die Tür.

Er folgte ihr auf die Hinterseite der Hütte, zum Holzhaufen. Gemeinsam deckten sie die Plane ab. Kein Brennmaterial, wie Xaver geglaubt hatte, sondern ein von Eis dünn überzogenes Konstrukt, etwa einen Meter hoch, kam zum Vorschein. Es sah ganz sonderbar aus, wie einer der allerersten Flugapparate, die in TV-Dokus gezeigt wurden, der flügellose Entwurf einer solchen Erfindung. Von der obersten Latte hing ein breites, speckiges Band, zwischen zwei Kanthölzern hindurchgeführt und am Ende zu einer Schlaufe vernäht. Davon spannten sich Stricke zum Boden und in einer Art Flaschenzug den Längsbalken entlang zu zwei aus Leisten gemachten Klammern. Dieselben, Fesseln ähnelnden Vorrichtungen fanden sich beidseitig der Schlaufe. Jetzt erkannte Xaver es besser: Es handelte sich um das lederne Glockenband einer Kuh. Wie auf der Unterseite führten auch oben verflochtene Stränge über Winden zu den Holzfesseln.

Er machte einen Schritt näher, duckte sich, um die Konstruktion zu betasten. So lose sie auf den ersten Blick schien, im Gesamten erwies sie sich als erstaunlich robust.

Wirst nie erraten, was das ist, sagte Anna.

Sie langte an Xaver vorbei zu einem Hebel, den er bisher nicht bemerkt hatte. Ein Griff, und die Lederschlaufe schnellte in die Höhe, die Eiskruste zerbarst, ein Klirren, ein Ruck, und die hinteren Fesseln schossen zurück, so als würde ein für tot gehaltenes Tier einen unerwarteten Sprung machen, als würde ihm mit einem schnalzenden Laut ein Impuls Leben durch die Nerven gejagt.

Staub hatte das im Keller, erklärte Anna. Hat der extra so gemacht, dass die Maschine dort reinpasst. Der Raum ist ja zu niedrig, da kannst dich nicht aufknüpfen. Funktioniert im Grunde wie eine Mausefalle.

Sie lachte über Xavers erstauntes Gesicht. Feinstaub weiß gar nicht, was er vorhatte. Damit hätte sich ihr Bruder im engen Gewölbe seiner Hütte erhängen können, sagte sie. Die Füße voraus müsste man hineinkriechen, sich wie in eine Umarmung fügen, Kopf in der Schlinge.

Anna legte den Hebel um, und die Maschine zog sich wieder zusammen, spannte sich an.

Haben wir geholt, kurz nachdem Staub weg war,

sagte sie. Auseinandergebaut und hier wieder instand gesetzt, Feinstaub hätte es sonst eingeheizt. Dabei ist es ein ganz erstaunliches Ding, schau – sie wies auf die Fesseln –; damit er sich aus Reflex im letzten Moment nicht doch abstützt, hat er diese Vorrichtung ausgetüftelt, die einem die Beine nach hinten zieht. Einmal drin, gibt es kein Entkommen mehr.

Das ist doch verrückt, sagte Xaver, und die Mutter antwortete: Wieso? Jemand wie Staub, wenn der sich denkt, er will es selbst beenden, warum nicht. Und die Bäume hier sind viel zu mager, als dass ein Ast das Gewicht tragen könnte.

Zurück in der Hütte, holte sie von der Anrichte eine Flasche Schnaps, schenkte je einen großzügigen Schluck in die Tassen, die sie für die Milch verwendet hatten.

Ein bisschen darf ich mir gönnen, sagte Anna und trank die Tasse leer.

Ihren Körper durchlief ein Frösteln, Xaver musste an die Fensterscheibe denken, die heute Morgen vom Wind zum Zittern gebracht worden war.

Mit einem Grinsen sagte sie: Dem Staub wurden die Augen so schlecht, er hätte nicht mal mehr in den Keller gefunden, geschweige denn in seine Maschine. Was glaubst, wie der sich jetzt im Heim ärgert.

Das Lächeln verschwand von ihrem Gesicht. Dass man es körperlich nicht mehr packe, davor habe sie Angst. Sie hielt Xaver die zu einer Kralle geformte Linke hin und fragte: Was, wenn ich gichtig werde? Ich hab gehört, das kann vom Saufen kommen. Dann lachte sie wieder. Wovor man sich nicht alles fürchten müsse, nie habe man einen Frieden.

Anna legte sich auf den Diwan, Xaver tat es ihr gleich. Wie seltsam, so nah beieinander zu sein, darauf bedacht, sich nicht zu berühren.

Ihre leise Stimme: Lass uns kurz ruhen. Und wenn wir am Weg ins Spital sind, kauf ich Tina Handschuhe, die kann sie brauchen.

Er verschränkte die Arme hinter dem Kopf und stellte sich vor, Konrad wäre in der Klamm gewesen, weil er, ähnlich wie Staub, sein Leben beenden wollte. Vielleicht gab es eine Gemeinschaft sturer Pensionisten, die, einer geheimen Abmachung folgend, alles dafür taten, um nur ja nicht in einem Heim zu enden ... Was für eine abstruse Idee, dachte er und drehte sich zu Anna. Ob auch sie dazu bereit wäre oder irgendwann bereit sein würde? Wie hatte die Brunnerin gesagt: Manche gehen diesen einen Schritt zu weit. Konrad aber müsste ein gänzlich anderer Mensch gewesen sein, nicht der, den er gekannt hatte. Bestimmt hatte der Großvater die Angel bei sich gehabt, um in der Schlucht sein Glück zu versuchen, eine dünne, ausziehbare Stange, an der Schnur Haken und Bleikügelchen, vom Bach fortgerissen und deshalb nie entdeckt.

Weißt noch, wie wir bei ihm in der Hütte waren? Wir beide und Marlen.

Ja, sagte Anna und öffnete die Augen. Dass du dich

noch erinnern kannst, so klein wie du warst ... Ich hab's immer schade gefunden, dass Vinz nie Zeit hatte. Oder sie sich nicht nehmen wollt.

Sie sprach von den Entdeckungen, die Xaver und Marlen damals aus dem Wald herbeischafften. Vogelfedern, Feuersteine; Funde, die ihre Fantasie anfachten. Die lustigsten Fabeln hätten sie ausgeheckt, Geschichten um Gestalten, die mit diesen Steinen, in solche Federn gehüllt, ihr Unwesen trieben. Oft, so Anna, habe sie es schrecklich bereut, nach den freien Tagen wieder hinunter zu müssen, ins Tal, zur Arbeit.

Sie wandte sich ihm zu, nachlässig spielten ihre Finger mit dem Saum des Polsters. Fast hoffte er, sie würde über sein Gesicht streicheln. Er wartete darauf, dass sie weiter erzählte, doch ihr Atem wurde ruhiger, stiller. Bald schlief sie.

An ausgedachte Geschichten konnte er sich nicht erinnern, aber an Wolkenschleier, die sich vom Grat senkten, das schon. Und Blitze und Regen. Ein Moment gleißenden Lichts. Wie er jemanden zwischen den Bäumen zu erkennen glaubte, Umrisse eines Menschen, der die Hütte beobachtete. Die Hitze, die vom Ofen abstrahlte. Konrad kochte Vanillepudding mit Ziegenmilch, eine widerliche Nachspeise, doch Xaver kämpfte sich Löffel um Löffel durch die Schüssel, weil er glaubte, ihn andernfalls zu enttäuschen. Im Mund hantiger Geisgeschmack. Der von den Felsen hallende Donner, viel lauter als erwartet, ein mächtiges Echo, noch im Magen zu spüren. Oder nein, es griff weiter, als gäbe es im eigenen Körper ein Innerstes, das sich durch einen solchen Donner, solchen Schreck überhaupt erst zeigte.

Xaver überließ sich diesem Strom an Bildern. Zwischen Wachen und Schlaf, wie heute im Tiefschnee, in einer trügerischen Leichtigkeit. Nichts garantierte, dass man festen Grund unter die Füße bekam. Er starrte zur Decke. Die Schatten zwischen den Brettern bewegten sich, eine flatternde Erregung, ein Schwarm von Krähen. Nach Konrads Verschwinden, in der Zeit der Suche, wurde Anna einmal frühmorgens von Krächzen geweckt. Es wurde immer lauter und ließ ihr keine Ruh, und sie ging hinaus auf den Balkon, um zu sehen, woher der Lärm kam. Drei schwarze Vögel hoben ab vom Dach der Pension, flogen fort übers Tal, immer krächzend. Auch wenn sie es nicht wahrhaben wollte, habe sie in diesem Augenblick gewusst, dass ihr Konrads Tod verkündet worden war, behauptete sie später.

Oder? Er wird Anna danach fragen, nahm Xaver sich vor.

Wie schnell er heute verlorengegangen war, sich ganz ihrer Führung hatte überlassen müssen. Sie kannte das Gebiet, das für ihn selbst nur den Hintergrund bruchstückhafter Geschichten bildete. Für Anna dagegen war die Erinnerung fest an Orte geknüpft, die sich hier im Gebirge fanden. Vielleicht war das einer der Gründe, weshalb sie es oben aushielt. Unten mochte alles verändert sein, aber in der Höhe, in dieser Landschaft aus Himmel und Stein, die mit Flechten bewachsen und von dürrem Gehölz durchsetzt war, schien die Vergangenheit greifbar.

Von den Anstrengungen erschöpft, kam Xaver gerade noch ein Sommertag in den Sinn. Konrad spießte einen Regenwurm auf den Haken, während er selbst mit kleinen Sprüngen, von einem Stein auf den nächsten, zu einem Gumpen gelangte.

Du Feigling, rief Marlen vom Bachufer, traust dich ja doch nicht hinein, und er glitt in das eisige Wasser, strampelte, um nicht mitgerissen zu werden, und tauchte ab. Die Wellen bildeten eine flirrende Membran, hinter der sich Konrad und Marlen und der Wald verbargen, und er versuchte, diesen Moment auszudehnen, unten im Rauschen, in der Kälte, bis er keinen Atem mehr in den Lungen hatte und zurückmusste, ins Freie. Frierend kauerte er auf einem Steinbrocken und spürte, wie die Sonne langsam, Faser für Faser, seinen Körper erwärmte.

Bachaufwärts zog Konrad an der Angelleine einen dunklen Leib aus dem Wasser. Mit der rechten Hand löste er den Haken vom Gaumen, mit der linken drückte er fest zu, sodass ein dünnes, schnarrendes Japsen aus dem offenen Maul des Fisches drang. Es sei nur Luft, hatte Großvater erklärt, Fische können nicht schreien, aber Xaver hasste diesen Laut, und er war froh, im Bachdröhnen nichts davon zu hören.

Marlen kletterte zu Konrad und beobachtete, wie er die Forelle mithilfe eines faustgroßen Steins betäubte, ihr einen Daumen in das Maul steckte und den Kopf zurückbog, und als das Genick brach, klappten die Kiemen auf, drei Flügel in einem wunderschön tiefen Rot. Die Schwester wandte sich Xaver zu, doch was auch immer sie rief, er verstand es nicht mehr.

6

Etwas bewegte sich über dem Bett, wie das Huschen eines kreisenden Vogels, und etwas packte Xaver am Hals. Was bist du für einer?, fragte jemand, der Atem roch wie gärendes Obst. Xaver riss die Augen auf, erkannte über sich einen hellgrauen Vollbart. Der Griff um den Hals wurde fester, und er spürte, dass der andere stärker war. Anna grummelte im Schlaf, da wurde er losgelassen und wälzte sich schnell vom Diwan. Pst, machte der Eindringling und zeigte auf die Mutter, die sich zur Seite drehte.

Mit großen Schritten ging der Mann zur Ziege, kraulte sie am Kopf. Er nahm den Eimer, trank gierig, die Milch tropfte ihm vom Bart. Weitere große Schritte brachten ihn zum Tisch, er ließ sich auf einen der Stühle fallen. Xaver hatte den Einsiedler vor sich. Grau und zerzaust war Mathoi, das Eis, das an den buschigen Brauen pickte, begann zu schmelzen, über die linke Wange lief eine wässrige Spur. Beinah, als würde er weinen. Offen, ja freundlich ruhte der Blick auf ihm. Wie konnte der nur so zupacken? Als gehörten Hände und Augen zwei verschiedenen Körpern, dachte Xaver, und der Ärger über seine Hilflosigkeit kehrte zurück.

Anna schälte sich aus dem Bettzeug. Sie lächelte die beiden an.

Bist jetzt da, sagte sie.

Schweigend zog sich der Alte die rote Wollhaube vom Kopf, legte seine Rechte auf den Tisch. Eine angeschwollene Pranke; unförmig von einer Verletzung, der Huf einer Kuh oder ein Steinschlag vielleicht, etwas war gebrochen und nicht wieder richtig zusammengewachsen. Gähnend rappelte Anna sich auf. Sie ging zur Anrichte und holte die Cornflakes. Während sie Mathoi über den abrasierten Schädel streichelte, riss der Einsiedler die Packung auf, schaufelte sich mit seiner riesigen Hand gelbe Flocken in den Mund.

Du bist der Bub von ihr, sagte er mit halb geschlossenen Lidern.

Bub? Was glaubst, wie alt ich bin?

Der Anheber kicherte, es klang wie das Winseln eines Welpen, und er sagte zu Anna: Wie du ihn beschrieben hast, der ist hitzig.

Zur Antwort gab sie ihm einen zärtlichen Schlag in den Nacken. Xaver nervte das Getue, er war wegen etwas anderem hier und sagte: Apropos Bub, wir suchen einen.

Anna setzte sogleich fort: Einer ist weg, seit der Lawine. Weißt vielleicht was?

Wieder vergrub der Einsiedler seine Rechte in der Packung.

Mathoi?, fragte Anna, nun leiser, zutraulicher. Weißt du was?

Er versank in ein stumpfes Sinnieren, dann setzte er sich mit einer ruckartigen Bewegung die Wollhaube auf und erhob sich. In der offenen Tür blieb der Einsiedler stehen und wartete, dass Anna und Xaver ihm folgten.

*

Am Brennholz und an der Maschine vorbei, hinauf zur Felsnadel, stapfte Mathoi in der Spur seiner eigenen Schritte den Weg zurück. Unter dem Arm die Packung Cornflakes; eine Handvoll warf er den Dohlen zu, die durch die Luft schwebten, sich krächzend über die Flocken hermachten.

Was wird das?

Anna drehte sich um und deutete Xaver, geduldig zu sein.

Milchig und trüb zog sich eine Eisader herab, tief unten das ununterscheidbare Schwarz der Fichten. Xaver versuchte, das Eis mit einem Sprung zu überwinden, schneller zu sein als der Schwindel, der ihn an ausgesetzten Stellen gerne packte.

Der Weg führte in eine Senke. An einem Steinbrocken lehnte jemand, reglos, der Schianzug ein dunkelblauer Fleck im gräulichen Weiß. Das Gesicht, bleich und puppenhaft wie bei den Altarfiguren in einer Kapelle. Die Haube zur Seite gerutscht, braune Haarsträhnen klebten an der Stirn, die Spitzen vereist. In der Rechten die verbogene Hälfte eines Schistocks. Mathoi brach in sein winselndes Lachen aus, prustete: Ich hab ihn gefunden.

Das ist er, stieß Xaver hervor, das ist Noah.

Der Einsiedler verstummte. Wie besorgt er auf den Jungen blickte.

Der wird schon überall gesucht, flüsterte Anna.

Noahs Lippen bewegten sich. Sie brachte ihr Ohr an seinen Mund, horchte: Er redet von seiner Mama, sagte sie.

Was ist passiert?, fragte Xaver.

Noah schüttelte den Kopf, wie um die Stimmen zu verscheuchen. Er öffnete die Augen, gerötet, verweint, darin ein widerwilliges Blitzen, das in einer stumpfen Leere verschwand.

Mir reicht's, sagte er, nun lauter, mit einer heiseren, eigentümlich kalten Stimme.

Mathoi hielt ihm die Cornflakes hin, doch reagierte er nicht. Ist ausgerutscht, sagte er und wies hoch auf eine Rinne im Steilhang, teils mit Buschwerk bewachsen. Da ist er reingestürzt. Hab ihn rausbekommen und hierher gebracht, aber da passt was nicht – wieder der sorgenvolle Blick –, ich war in der Hütte, hätte was gebraucht, um ihn zu tragen. Und wenn ich den Heukorb genommen hätte. Er grinste Xaver an: Aber schau, was ich stattdessen hab. Dich. Zusammen schaffen wir das.

Xaver gelang es nicht, sich die wenigen Begegnungen ins Gedächtnis zu rufen, aber wozu auch, er wusste, dass es keinen Grund gab zu zweifeln. Der Junge war da, der Junge lebte. Wie erschöpft er wirkte. Oder eher weggetreten. Vielleicht stand er unter Schock, dachte Xaver und spähte wieder zur Rinne. Ein gegen die Wolken erkennbarer Pfahl markierte einen Wanderweg. Der Sturz dürfte zwei Meter tief gewesen sein; ein Glück, dass Sträucher den Fall gebremst hatten.

Mathoi legte Noah eine Hand auf die Schulter: Bei mir gibt es mehr zu essen, und zu trinken hab ich auch. Du brauchst was zur Stärkung, bald hast es geschafft.

Noah scherte sich nicht darum. Er schloss die Augen, wiegte den Kopf.

Weit ist es nicht mehr, sagte Anna, bald bist daheim.

Sie halfen ihm auf. Das Gewand dreckig, am linken Knie ein Riss in der Hose. Er schwankte in seinen orangen Schischuhen, den halben Schistock fest umklammert. Mathoi und Xaver stützten ihn.

Dass er ihn aufgelesen habe, erzählte der Einsiedler, gestern Abend. Verwirrter, armer Kerl. Auf die Frage, was geschehen sei, habe er nur auf den Greitergipfel gedeutet. Die Lawine, nun mache es Sinn. Wann die abgegangen sei, wollte er wissen, und Xaver antwortete: Vorgestern.

Bist in die falsche Richtung, sagte Mathoi. Tiefer ins Gelände.

Auch wenn Noah nicht reagierte, vielleicht nützten die Worte, um ihn wach zu halten. Er humpelte, trat so wenig wie möglich mit dem linken Fuß auf. Anna folgte, die Packung Cornflakes in den Händen. Gelegentlich warf auch sie Flocken zur Seite, Dohlen sammelten sich um ihren Pfad.

Mathoi fluchte: Dieser Sturz, fast wärst du mir im letzten Moment verlorengegangen.

Xaver sagte: Tina wird sich freuen, dass du wieder da bist.

Er betrachtete Noah, ob sich vielleicht ein Lächeln zeigte, doch das Gesicht blieb ausdruckslos, und Xaver beugte sich weiter vor, fragte Mathoi, wo sie die letzte Nacht gewesen seien.

In einem Jägerstand, antwortete der Einsiedler. Wie der Bub die Nacht davor durchgebracht hat, würd ich gern wissen.

Als sie sich der Eisader näherten, griff Xaver Noah fester, zog ihn auf seine Schulter, um den Großteil seines Gewichts zu tragen. Bald war die Hütte zu erkennen, der Rauch, der aus dem Kaminrohr stieg. Ein paar Schritte noch, und sie hatten die Tür erreicht.

*

Vorsichtig legten sie den Jungen auf den Diwan. Anna wollte sich an den Schischuhen zu schaffen machen, doch Mathoi hielt sie zurück.

Warte, sagte er. Lass uns erst nachschauen, was ihm fehlt.

Er öffnete die Jacke. Noah trug ein Korsett, zum Schutz für Brust und Rücken, darunter ein T-Shirt, Xaver konnte den Schriftzug von *Metallica* ausmachen. Er hatte ihn auch auf einem der Poster in Tinas Zimmer gesehen, und diese Beobachtung wischte die Überraschung beiseite, den Jungen tatsächlich entdeckt zu haben. Seine Verletzlichkeit wurde ihm bewusst. Nicht irgendwer lag ausgestreckt auf der Bettstatt, sondern Noah, wie Tina fast noch ein Kind; wie alt mochte er sein, sechzehn oder siebzehn, was war das schon.

Xaver tastete nach Verletzungen, und kurz schauderte ihn, weil Noah mit seinen ausgebreiteten Armen wie ein Gekreuzigter wirkte. Ein tiefer Schnitt an der rechten Schulter. Über der linken Schläfe eine Beule. Das mochte seine Verwirrung erklären, bestimmt hatte er eine Gehirnerschütterung erlitten.

Anna schob sich zwischen Mathoi und Xaver, begutachtete den Schnitt. Ich stell was auf, sagte sie, zum Einschmieren.

Ihre Hände, die am Tisch mit Einweckgläsern hantierten, Kräuter hervorzogen, zerhackten, einen Topf mit Wasser zum Ofen brachten. Ihre Hände und darin die staubgrünen Blätterfetzen. Fast, dachte Xaver, war es wie in einer Hotelküche, die morgendlichen Vorbereitungen, um die Bestellungen eines neuen Tages meistern zu können. Er selbst zögerte. Noah hatte die Augen geschlossen, wie schlafend, seine Finger aber tasteten zur linken Hüfte, zum Oberschenkel. Man musste es hinter sich bringen. Vom Tisch holte Mathoi die Schere und erweiterte den Riss in der Schihose. Vorsichtig klappte Xaver den Stoff zurück. Oberhalb des Knies, auf der Innenseite des Beins, steckte ein abgebrochener Zweig, kaum fingerdick. Mit der Spitze nach unten ragte das Holz rund einen Zentimeter hervor. Xaver spürte den Blick des Einsiedlers auf sich, und er schluckte, zwang sich zur Zuversicht.

Anna trat zu ihnen, wandte sich rasch wieder ab.

Was machen wir?, fragte sie, ein Zittern in der Stimme. Sie kramte eine Packung Ibuprofen aus einer der Taschen am Boden: Das einzige Schmerzmittel, das wir haben, und abgelaufen ist es auch. Aber besser als nichts.

Um die Wunde war die Haut bläulich verfärbt und leicht geschwollen. Erinner dich, befahl sich Xaver, an den Erste-Hilfe-Kurs, erinner dich, was das heißt, und durch den Kopf gingen ihm Begriffe wie *Gangrän* oder *Ödem*. Er wühlte durch seine Jackentasche und den Rucksack, legte den Schussapparat auf den Tisch, die Äpfel und die Taschenlampe. Zuunterst fand er eine Box mit Pflastern und einer Kompresse, doch wie hilfreich konnte das sein.

Kein Blut, allzu schlimm ist es nicht, sagte Mathoi, der seine Ruhe wiedergefunden hatte. Er betastete den Rand der Verletzung, zeigte die glänzende Fingerspitze: Wundwasser, ist noch klar und riecht nach nix.

Noahs Linke wanderte erneut die Hüfte abwärts. Mathoi zog sie fort. Lass das ja, sagte er, wir bekommen das schon hin.

Mit dem Daumen strich Xaver über Noahs rechtes Handgelenk. Es beruhigte ihn, den schnellen, doch gleichmäßigen Pulsschlag unter der Haut zu spüren.

*

Xaver stapfte zur Felsnadel. Mithilfe der Taschenlampe gab er dreimal die Minute ein Signal, das galt als

Notruf. Er zählte bis zwanzig, schaltete die Taschenlampe ein und gleich wieder aus. Vielleicht erwiderte jemand das Zeichen, ein Aufblitzen aus der Ferne als Beleg, dass die Rettung benachrichtigt wurde. Nach jeder abgelaufenen Minute drehte er sich ein Stück weiter, um alle Richtungen abzudecken. Die Sonne wie eine Scheibe dumpf über der birkenscheckigen Bergwelt, den Schneefeldern und Steinhalden. Es mochte kurz nach Mittag sein. Was für ein Glück, dass der Junge gefunden war. Dass er lebte. Und zugleich die Sorge wegen der Verletzung.

Den Daumen auf dem Schalter der Taschenlampe, bei zwanzig schob er ihn vor und zurück. Annas geschäftige Hände, daran musste er denken. Wie sie das Geröll durchsucht und am Tisch die Zigarettenstummel zerlegt hatten und Sud aus getrockneten Kräutern bereiteten. Ähnlich flink hatte auch der Großvater gearbeitet. Aus der Erinnerung packte Konrad zu, näher konnte Xaver ihm nicht mehr sein: Wie er eine Forelle fing und tötete, ausnahm. Wie er ein Nachtkästchen tischlerte, auf das glattgeschliffene, warme Holz in schwarzer Lackfarbe Fabeltiere pinselte. Konrad und seine Hände. Ihre Bewegungen und die Fertigkeiten, über die sie verfügten. Aber was bleibt, wenn sie nicht mehr sind? Dass Konrad nicht im Heim sterben wollte. Dass er selbst in schwindelerregender Balance den Kosakentanz versuchte. Und dass er hier am Berg verschollen war, dass man seine Leiche allein durch Zufall entdeckt hatte. Geschichten und Anekdoten, hinter denen sich der Mensch verbarg. Bereits für Tina war Konrad nicht viel mehr als ein alter Mann auf zwei oder drei Fotos, die zuhause in der Stube hingen.

Xaver dachte an das Kreuz, das Anna und er im verschneiten Garten der Pension aus Großvaters mageren Besitz geschaffen hatten. Es war nicht um den neugierigen Gast auf dem Balkon gegangen, was sie taten, hatte sich richtig angefühlt, wie ein ernstgemeinter Abschied. Vielleicht war es bloß eine Frage der Form, in die man das brachte, was blieb, damit alltägliche Gegenstände als eine Art Vermächtnis wirkten. Nicht zufällig überkam Xaver die Erinnerung an Konrad. Der Einsiedler und seine Heilkräfte, die Ziege in der Hütte, der Wacholder im Glas: Es waren ähnliche Versatzstücke wie das, was sich in der Tischlerei angesammelt hatte, der Atlas, die Spielkarten, das Gemälde von Jesus mit dem flammenden Herzen. Selbst die absurd anmutende Maschine, die sich Staub gebaut hatte und die nun Eis ansetzte: Für Xaver waren das Überreste einer archaischen Zeit, in der Konrad als Knecht verschachert worden war, einer Zeit, die als Material und Inspiration für ein Theaterstück taugen mochte. Auf die Dorfbühne würde so einer wie der Anheber passen. Und nicht nur er, auch Anna könnte Teil eines Stückes sein. Ihr Steineklauben und wie sie versuchte, mit dem Tabak hauszuhalten ...

Er hatte sich verzählt und begann von Neuem, schickte Lichtzeichen um Lichtzeichen. In den Talgründen ballten sich die Wolken, fransig und gebauscht, wie Spitzwegerichblüten sahen sie aus. Im Dorf würde es bald regnen. Dort unten, dachte Xaver, war Anna für jene, die sich an sie erinnerten, eine Frau, die Affären gehabt und als Kellnerin Nächte durchzecht hatte. Hier oben war sie ... ja, was? Hier war Anna vielleicht das, was allein sie selbst sein wollte. Wenige Möglichkeiten, hatte sie gesagt, blieben ihr noch zum Glücklichsein.

*

Ob es Antwort gebe, fragte sie, als Xaver in die Hütte trat.

Nichts, erwiderte er. Ich fahr runter und alarmier die Rettung.

Noah hatte sich mit einem Arm das Gesicht bedeckt, sein Brustkorb hob und senkte sich gleichmäßig. Anna legte ihm ein mit Sud durchtränktes Tuch auf die Schulter. Mathoi saß am Tisch, eine der alten Zeitungen vor sich.

Hast gehört, sagte sie zu ihm, die werden den Hubschrauber schicken.

Dann hau ich ab, sagte er, ohne aufzusehen. Die haben mir schon einmal was angehängt.

Na, beschwichtigte Anna, jetzt übertreib nicht. Du hast den Bub gerettet, du und sonst niemand.

Xaver deutete durch das Fenster auf die vorbeijagenden Wolkenfetzen. Für einen Hubschrauber sei das Wetter vielleicht bald zu schlecht. Aber, sagte er, wenn das derselbe Verschlag war, in dem Anna und er damals Mathoi angetroffen hatten, dann müsste er von hier hinab zur Jochalm kommen. Und von dort, das wusste er, ließe sich der Hochleger erreichen, wo Flo wartete.

Draußen stieg er in die Bindung seiner Tourenschi. Am Türrahmen lehnte Anna und wollte etwas sagen. Doch von Mathoi war ein Grummeln zu hören, und sie wandte sich um. Die Tür schloss sich, und es schien Xaver, als wäre etwas endgültig geworden. Das Gefühl dauerte nicht lange, Wind riss einen Spalt in die Wolken und verjagte die Ahnung. Sonnenstrahlen brachten den Schnee kurz zum Glitzern, mit kräftigen Stößen holte er Schwung.

Die Jochalm tauchte auf, ohne Licht unter dem Dachfirst, die Fenster hinter Holzläden verbarrikadiert, bis zum Frühjahr wurde sie nicht bewirtschaftet. Das Gewicht verlagernd, lehnte Xaver sich weiter zurück. Er gewann an Tempo, zur Linken wurde der Hang von einem Wald begrenzt; darin befand sich die Kapelle, in die er mit der Mutter damals vor dem Unwetter geflohen war. Am Rand ein Reh, es sah ihm entgegen. Ein Zittern durchlief das Fell, im Zickzacksprung verschwand das Tier hinter knickendem Gebüsch.

An kahle Laubbäume genagelte Markierungen wurden sichtbar, gelbe Schilder, die Wanderwege bezeichneten. Die Almwiese endete, Xaver bog in das nächste Waldstück ein, versuchte, zwischen den Stämmen hindurch die schnellste Linie zu finden. Er gelangte auf eine Forststraße, und endlich, hinter Bäumen flackerte Mauerwerk. Er kam vor dem Hochleger zum Stehen, rief nach Flo, schlug auf den geöffneten Flügel der Stalltür. Aus dem dunklen Inneren kam eine Gestalt, blinzelte ins Freie.

Bist erst aufgewacht?, fragte Xaver.

Mit Fingerspitzen nahm Flo den Joint aus dem Mundwinkel, fragte zurück: Und, Kollege, wie sieht's aus?

Ich hab ihn, sagte Xaver.

Flo räusperte sich und wiederholte ungläubig: Du hast ihn.

Xaver zog den Joint zwischen den Fingern seines Freundes hervor, konnte sich ein Grinsen nicht verkneifen.

Flo dachte kurz nach, sagte dann: Wie, ernsthaft, du hast ihn?

Der erstaunte Tonfall löste ein Kribbeln aus. Xaver stellte sich vor, Marlen gegenüberzutreten, ja, er wisse, wo Noah sei …

Ich hab ihn gefunden, sagte er. Oder besser, der Einsiedler hat. Bei dem ist er. Die Rettung, die brauchen wir noch.

Der harzige Rauch entfaltete sich in seinem Inneren, einschläfernd und angenehm. Er riss sich zusammen, berichtete von der Suche und der Verletzung.

Der hat das also echt überstanden, sagte Flo und

schnippte mit den Fingern, um den Joint zurückzufordern. Er kramte das Feuerzeug aus der Tasche, das Flämmchen zuckte auf, und mit zwei, drei Zügen heizte er den Stummel wieder an.

Der Godfather dreht dir echt jeden Scheiß an, sagte Xaver, und Flo erwiderte: Dafür macht er einen guten Preis.

Fahren wir?, fragte er und schulterte die Schi. Gleich wäre es soweit. Er würde von der Entdeckung des Jungen berichten und den Weg zu Mathois Hütte erklären, wenn nicht Marlen, dann jemand anderem. Und danach könnte er endlich heim, und sich hinlegen im Wissen, seinen Teil beigetragen zu haben.

*

Xaver bat Flo, auf die Forststraße abzubiegen. Er hatte richtig geraten, wie gestern parkten Autos am Bach. Auf der Brücke hatte sich eine Gruppe versammelt; die ersten Rückkehrer der heutigen Suche. Die Schilehrerin, die nachts noch in der *Krone* gefeiert hatte, gestikulierte zum Berg.

Flo hielt abseits. Ein rascher Blick in den Rückspiegel. Also, ich bleib sitzen, sagte er und zog die Lider seines rechten Auges auseinander, zeigte die rötliche Pupille.

Xaver lächelte ihm zu, schon halb im Freien. Neben der Schilehrerin ein untersetzter, teilnahmslos wirkender Mann. Sie klopfte ihm auf die Schulter, aber der Mann schien nichts zu bemerken. Ob das vielleicht Noahs Vater war? Sein Gesicht, bleich wie jenes des Gesuchten. Die Schilehrerin ließ ihre Hand auf seiner Schulter liegen und sagte, laut genug, sodass auch Xaver es hören konnte: Bald haben wir ihn.

Jemand winkte ihn aus der offenen Fahrertür eines Jeeps heran. Jetzt schleichst daher, sagte der Bergretter, der die gestrige Suche geleitet hatte.

Den angriffigen Ton der Stimme ignorierend, erwiderte Xaver: Wirst nicht glauben, was ich für Neuigkeiten hab.

Der Bergretter steckte das Funkgerät in die Halterung, lehnte sich hinaus. Sah Flo hinter dem Seitenfenster seines Autos und dann wieder Xaver mit unverhohlener Abneigung an. Ich will gar nicht wissen, was ihr so treibt, sagte er. Müsst ihr hier so eingekifft aufkreuzen?

Was, eingekifft? Xaver versuchte sich zu verteidigen, doch der andere schnitt ihm das Wort ab:

Du stinkst zwei Meter gegen den Wind. Marlen und Paul sind im Spital, aber wo bist du?, fragte er. Nicht bei ihnen, und hier bei uns bist auch nicht. Gestern hilfst beim Suchen, und das war's?

Der Mann strahlte dieselbe Nervosität aus wie die Leute auf der Brücke. Der dritte Tag neigte sich dem Ende zu, wieder waren wertvolle Stunden vergangen. Es verschaffte Xaver eine gewisse Genugtuung, sich auszumalen, was in diesem Moment in der Hütte geschah. Die Hände von Anna, die frischen Sud bereiteten, der Einsiedler, der den Verband wechselte. Und er dachte an das Stück Holz in Noahs Bein, schob dieses Bild aber schnell beiseite.

Der Bergretter stieg aus dem Auto. In einem Jägersitz habe man ein Schlaflager entdeckt, sagte er, offenbar übernachte da immer wieder mal einer. Und nicht nur das, auch die abgebrochene Hälfte eines Schistocks habe man gefunden, mit ziemlicher Sicherheit sei es der von Noah. So viel zu Neuigkeiten.

Unvermittelt blickte er Xaver in die Augen (ein Blick, der feindselig und von einem gefährlichen Schimmer war; so, dachte Xaver, musste ein Jäger in jenem Versteck lauern, Wild im Visier) und sagte: Vielleicht bist mit dem Einsiedler gestern doch nicht falsch gelegen, das muss ich dir lassen.

Im Unterstand sei nämlich ein kleiner Altar gefunden worden, ein aus einem Wurzelstück grob gehauenes Kreuz, Marienbildchen, wie sie die Kinder in der Volksschule für eine Fleißaufgabe bekommen. Wer außer der Einsiedler würde so etwas machen? Der Bergretter tippte sich an die Schläfe. Vor allem waren die Kerzenstummel noch weich, er traue sich zu wetten, dass Noah nicht allein dort gewesen sei.

Ich will mir das gar nicht vorstellen, der Bub und dieser Kerl ... Das weiß sein Vater gar nicht, meinte er mit Blick auf den Mann, der sich ans Brückengeländer klammerte.

Xaver bat um etwas zum Rauchen. Er zog sich eine

Zigarette aus dem hingehaltenen Päckchen, drehte sie zwischen den Fingern.

Er suchte Himmel und Waldrand ab. Nirgends zeigte sich ein Tier, das ihm einen Hinweis geben konnte. Was würde er machen, wäre er zu dreißig oder vierzig Prozent ein Reiher? Oder Mensch und Stier im Verhältnis von 2:1? Der Gemeinderat im nächsten Stück, er brauchte dessen Bullenheftigkeit. Xaver steckte sich die Zigarette in den Mund, tastete seine Jacke nach einem Feuerzeug ab. Mit jeder Bewegung schindete er Zeit. Wie war der Reiher, wie der Stier, wie war der Gemeinderat, er benötigte eine Form. Etwas, das den Einfall, der ihm gerade gekommen war, weniger verrückt machen würde, sondern glaubhaft, ihn vielleicht sogar rechtfertigte. Wobei, schon als er Flo davon erzählt hatte, war dieses Kribbeln zu spüren gewesen, das ihn auch jetzt wieder durchlief.

Er sah am Bergretter vorbei auf Noahs Vater. Er hatte es auf der Bühne gelernt: Nie kümmert sich jemand darum, was die Augen machen, solange man bloß redet. Reden musste er jetzt. Das bleiche Gesicht des Mannes verschwamm mit dem schneeigen Hintergrund. Es lügt sich leichter, geht der Blick ins Ungefähre. Es war nicht einmal eine Lüge, eher eine versteckte Wahrheit, beruhigte sich Xaver. Er suchte das richtige Auftreten dafür, eine Stimme, die keinen Zweifel duldete und den Bergretter überzeugte. Auf die Idee fokussiert bleiben und zuschlagen, zuschnappen, wie mit einem spitzen Schnabel. Keinerlei Unsicherheit im Schnauben, losstampfen mit gesenktem Kopf.

Xaver stieß den Zigarettenrauch durch die Nase hervor und sagte: Also, pass auf.

*

Du hast dem wirklich aufgetischt, dass wir zwei uns umgefragt hätten ... und dass die Feinstaub behauptet, aus einer Spalte was gehört zu haben, einen Hilferuf vielleicht ... Und das alles nur, weil wir zwei ... Flo stockte, gefangen in der Fantasie, was nun passieren mochte.

Xaver nickte, erwiderte: Exakt.

Was wäre sonst zu sagen gewesen? Wie leicht die Geschichte über die Lippen gekommen war, es erstaunte ihn selbst. Der Bergretter hatte sie mit einem Ausschnaufen angehört. Man werde auch diesem Hinweis nachgehen, sagte er, jetzt gleich, und nach dem Funkgerät gegriffen.

Flo beschleunigte, die Höhenstraße hinab. Leichter Regen fiel, die Felder waren von Flecken brauner Erde durchsetzt, bald wäre aller Schnee weggefressen.

Sie parkten vor Marlens Haus. Dass wir das echt machen, sagte er und lachte auf, ich fass es nicht.

Xaver war bereits zur Tür gerannt. Wie üblich lag der Schlüssel unter dem Fußabstreifer. Vorsichtshalber rief er in den Flur, doch niemand antwortete. Auf der Küchenanrichte ein angeschnittener, hart gewordener Brotwecken. Vielleicht hatte Paul frische Kleidung geholt. Von unten drang ein aufgeschrecktes Katzenfauchen aus den Käfigen.

Ich hätt nie geglaubt, dass es so einfach ist, hier einzusteigen, sagte Flo, als Xaver Licht machte. Er betrat die Ordination und rieb sich vor dem Gemälde mit dem Steinbock die Hände: Sag, wo ist das gute Zeug?

In einer Lade fanden sich Mullbinden, Kompressen, Bandagen; was auch immer nützlich schien, warf Xaver in den Rucksack. Faden und Nähzeug, ein Desinfektionsspray, warum nicht. Er ging in das Kabinett. Neben einem Medikament, das Milchstau löste, fand er Lidocain. Von einer anderen Gelegenheit, als er Marlen ausgeholfen hatte, wusste er, dass es der örtlichen Betäubung einer Wunde diente. Er suchte eine Spritze und Injektionsnadeln; diesmal wollte er alles richtig machen. Auf einer Packung Schmerzmittel waren die Umrisse eines Hundes abgebildet.

Glaubst, hilft das auch einem Menschen?, fragte er, ohne auf eine Antwort zu achten.

Stell dir vor, wie Erwin das jetzt taugen würde, sagte Flo. Er kniete sich hin, durchstöberte die Stellagen, zählte auf: Chemie, Chemie … und dann, triumphierend: Party. Das Ketamin verschwand in seiner Jackentasche. Ehe er weiter wühlte, hielt Xaver ihn zurück:

Übertreib es nicht.

Aber für die Umstände, widersprach Flo. Wie's aussieht, wird heut nämlich keine Zeitung geliefert.

Xaver fuhr ihn an: Wie viele Ampullen sind da drin, sechs? Das wird doch wohl reichen.

Flo blieb still, mit zuckendem Gesicht.

Was ist?, fragte Xaver und wusste es bereits. Beiden kamen Zweifel.

Bist du dir sicher?, wollte Flo wissen und deutete auf den Rucksack zwischen ihnen am Boden. Wenn wir zwei mit dem Burschen aufkreuzen, merkt doch ein jeder, dass was nicht stimmt. Die haben uns vorhin gesehen. Oder glaubst, man macht dich zum Ehrenbürger?

Vertrau mir, sagte Xaver, und Flo murmelte Unverständliches, packte eine weitere Schachtel des Schmerzmittels ein.

Sie würden Noah runterbringen; irgendwie ließe es sich erklären, wie genau, darüber würde er sich später Gedanken machen. Man könnte behaupten, der Junge sei ihnen verletzt und fast besinnungslos nahe des Hochlegers begegnet, wo sie den Abend verbringen wollten. Je länger er darüber nachdachte, umso mehr Schwachstellen fielen ihm an der Geschichte auf. Sobald er wieder bei Kräften war, würde Noah vom Einsiedler erzählen, vielleicht auch von Anna und Xaver, wer konnte ahnen, was ihm im Gedächtnis blieb. Diese Ungewissheit störte ihn jedoch weniger als der Anschein, den er erweckte. Als wäre er einzig darum bemüht, allen Ruhm für sich in Anspruch zu nehmen, als hätte Mathoi nichts zur Rettung beigetragen. Immerhin, die Geschichte, deren Lückenhaftigkeit ihn verunsicherte, steuerte unaufhaltsam ihrer Verwirklichung zu, und darin fand sich ein gewisser Trost. Er würde sich mitreißen lassen, welches Ende es auch nehmen mochte. Sollte Flo glauben, dass ihm nur daran lag, als Noahs Retter zu gelten. Und ja, für kurze Zeit, bis die Unstimmigkeiten zutage träten, wäre er ein Held. Er könnte dem Bergretter eins auswischen, wegen der Vorwürfe, wegen des abfälligen Getues, als ob er bloß eingeraucht die Zeit totschlüge. Aber es steckte mehr dahinter. Wie der Bergretter mit ihm geredet und wie er ihn dabei angesehen hatte, die säuerlich mitleidige Art: So sprach man im Dorf auch über Anna. Über Marlens Schreibtisch hing ein Foto der Mutter. Xaver kannte es im Detail. Dieses Bild, das spürte er, gab ihm Recht. Es war Mitte der Neunziger in der Stube der Pension aufgenommen worden. Anna, in schwarzem Rock und weißer Bluse, stehend, je eine Hand auf den Schultern zweier Männer, die, ebenso der Kamera zugewandt, am Tisch saßen. Etwas hob seine Mutter heraus, machte sie zu einem störenden Element. Das Blitzen in den Augen, vielleicht der Hinweis auf ein schwelendes Unbehagen. Nicht nur ein allfälliger Betrachter des Fotos würde sich wundern, nein, auch sie selbst schien sich bereits im Moment der Aufnahme zu fragen, wie sie in die Rolle der Pensionswirtin geraten war. Wer konnte es ihr verübeln? Xaver wusste, was das Foto verbarg:

die Vielzahl an leidigen Abenden, an bedeutungslosen Gesprächen und zu viel Bier und Wein; die gespielte Freundlichkeit, die man den Fremden gegenüber aufbringen musste; die aufgekratzten Stimmen, die Anzüglichkeiten, ob es denn einen Hausfreund gebe, der Anna über die Abwesenheit des Ehemanns hinweghelfe. Wenn Vinz schließlich von der Arbeit kam, hatte sie sich bereits unter einem Vorwand hinausgeschlichen, um in der Küche auf ihn zu warten. Dumpf war das Gelächter der Feiernden zu hören. Sie klärte ihn über die Neuigkeiten auf, er polierte seine Lederschuhe mit einem dickflüssigen Pflegemittel, aus einer gelben Tube gedrückt. Als die Schuhe, für den nächsten Morgen vorbereitet, unter dem Heizkörper standen, nahm Vinz Schnapsgläser und eine Flasche Obstler, um seinerseits in die Stube zu treten und den Gastgeber zu spielen. Er mochte die Arbeit, Anna dagegen war durch den Rückzug auf den Greit eine Art von Flucht gelungen.

Der Bergretter hatte angedeutet, dass Mathoi etwas mit dem Verschwinden Noahs zu tun haben könnte. In diesem Moment war für Xaver die Entscheidung gefallen, sich auf ihre Seite zu stellen. Zumindest glaubte er, dass das Annas Seite war. Die einer Frau, die sich abmühte, nicht mehr zu trinken, und mit dem Einsiedler, diesem seltsamen Mann, vertraut war. Der Bergretter würde in der Hütte aufkreuzen und dort genug zu sehen bekommen, um neben Noah auch Geschichten über die beiden Alten ins Dorf zu bringen.

Vielleicht lag der Einsiedler mit seiner Angst richtig, und man dichtete ihm tatsächlich wieder etwas an, falsche Geschichten, neue Gerüchte; was wäre Annas Glück, das sie oben zu finden glaubte, dann noch wert?

Xaver kontrollierte die Ausbeute, es sollte genügen, um Noah zu versorgen. Er schloss den Rucksack und sagte: Sein Sturz ist erst wenige Stunden her, Blutvergiftung hat er sicher keine, das Wundwasser, hat Mathoi gemeint, ist klar. Ob wir ihn runterbringen oder jemand anderer, macht keinen Unterschied.

Flo betrachtete ihn stumm. Vielleicht erriet er, dass Xaver sich nur selbst beruhigen wollte. Da nickte er und sagte: Wenn du glaubst. Ich hab keine Ahnung von Erster Hilfe, mir kannst alles erzählen.

In der Garage fand sich ein altes Paar Tourenschi, wie auch Xaver eines besaß, die Bindung nur eine Schnalle samt Stoffband, die konnte Flo benutzen.

Vergiss den Hochleger, sagte er auf der Fahrt zurück zum Greit.

Sie kamen an der Abzweigung zu Peters Behausung vorbei, folgten der Straße immer weiter hinauf; vielleicht war es möglich, den Golf bis zur Jochalm zu treten, näher konnte man Mathois Hütte mit einem Auto nicht kommen. Die Eisrillen glichen dicken, schwarzen Adern, eingegraben in die milchig weiße Bahn. Flo stierte über das Lenkrad, riss es ruckartig nach links oder rechts, um die Spur zu halten.

Die Alm war bereits zu sehen, als die Verhältnisse

keine Weiterfahrt mehr zuließen, und sie schlitterten an den Wegrand.

Eine tiefhängende Wolkenschicht verdeckte den Berg, widerwillig fragte Flo:

Müssen wir da jetzt echt hinauf?

Schaffen wir, sagte Xaver, eine Stunde, schätz ich, dann sind wir oben.

*

Jetzt weiß ich wieder, weshalb mir das Wandern gestohlen bleiben kann, sagte Flo und ließ sich auf den Stuhl fallen.

Gerade goss Anna Benzin aus einem Kanister in die leere Raviolidose, einen Strang Werg, grobe, gelbliche Fasern, stopfte sie in die Lücke des halb geöffneten Dosendeckels. Im Aschenbecher verqualmten zwei Zigaretten. Mathoi kniete vor den Taschen, misstrauisch betrachtete er Flo, schien das Zucken in dessen Gesicht zu studieren.

Wo ist die Rettung?, fragte Anna und entzündete das Werg mithilfe eines Feuerzeugs. Nix gegen dich, aber ich glaub, wer anderer wär hilfreicher.

Schon gut, erwiderte er und sagte mit einem Grinsen: Sonst kommt aber keiner.

Anna hielt inne. Wie, fragte sie, warum nicht?

Er hat einen Plan, antwortete Flo und deutete auf Xaver, der sich an der Türschwelle den Schnee abklopfte.

Das schlechte Wetter oder selbst der Verdacht, der auf den Einsiedler gefallen war, vieles konnte zur Rechtfertigung dienen, doch weder Anna noch Mathoi verlangte danach. Der Einsiedler wühlte durch die Taschen, und die Mutter stellte die Funzel auf den Diwan, neben den Jungen. Die beiden Alten waren abgelenkt, etwas könnte vorgefallen sein; diese Sorge wuchs an, als von Noah ein Wimmern zu hören war. Das Werg rauchte schwarz und stinkend, um das Ästchen lag ein fleckiges Geschirrtuch; nähertretend erkannte Xaver, dass es mit Blut vollgesogen war. Noah hatte die Augen geschlossen, seine Lippen ein bleicher Strich, Schweiß stand ihm auf der Stirn.

Wir wollten ihn schienen, sagte Anna und wies auf den Schistock am Boden. Aber er hat sich bewegt, und die Wunde ist ...

Mathoi schnitt ihr das Wort ab: Ich halt das Bluten an, und dann muss er fort.

Der Einsiedler kramte einen silbrigen, wie mit Rost bestäubten Stein hervor; einen solchen, erinnerte sich Xaver, hatte Anna vom Geröllfeld mitgenommen. Mathoi ging zum Fenstertisch und legte den Stein auf einen Zeitungsbogen. Mit der stumpfen Hinterseite der Axt hieb er darauf ein, mehrere konzentrierte Treffer. Er legte den Stein fort, klappte den Zeitungsbogen über Splitter und Staub zusammen. Weitere feste Schläge, als würde man ein Schnitzel klopfen, dachte Xaver, dann rollte er den Papierbogen zu einem Trichter. Damit kam er zum

Diwan, steckte Noah das spitze Ende zwischen die Lippen, das rostrote, grobe Mehl rieselte dem Jungen in den Mund. Er begann zu husten und versuchte, sich aufzurichten, eine Hand an der Kehle. Aus einer Tasse flößte Anna ihm Wasser ein, sie bettete seinen Kopf behutsam wieder zurück. Über den Jungen gebeugt, wisperte Mathoi unverständliche Worte, eine leise, gebetsartige Melodie. Mit der Rechten zog er das Geschirrtuch langsam fort, aus der blutenden Wunde stand das Holz hervor, seine Hand schwebte darüber.

Noah hatte die Augen geöffnet, im Flackern des Wergs schimmerten die Pupillen feucht. Xaver sprach ihn an – alles wird gut, glaub mir –, doch erhielt keine Antwort.

Nicht, zischte Mathoi, Trottel, schimpfte er überraschend laut.

Hastig rollte er den Zeitungsbogen auseinander, strich über das Papier, beschmierte mit dem rot verfärbten Finger Noahs Mund. Wieder begann das Beten. Es klang wie damals, als der Einsiedler die Hände an Annas Schläfe gelegt hatte. Mit einem wissenden Lächeln machte sie Xaver auf den Brocken am Tisch aufmerksam. Fast verstand er ihr Flüstern nicht:

Ein Blutstein, das nützt, wirst sehen.

Jetzt bewegten sich Noahs Lippen. Sein Blick bekam die Umgebung zu fassen. Mathoi beugte sich tiefer, horchte. Da fuhr er auf, mit einem zornigen Laut: Amen, er hat Amen gesagt. Er wischte sich über das

Gesicht, sein Bart vom Staub rötlich verfärbt: Das darf man nicht, wiederholte er mehrmals. Wer Amen sagt, dem wird nicht geholfen.

*

Bisher hatte Flo das Geschehen still verfolgt. Mit einem genervten Stöhnen erhob er sich nun, leerte den Rucksack mitsamt *Blitzer* und Taschenlampe auf den Esstisch aus. Er sagte: Genug mit dem Hokuspokus, und hielt Verbandszeug und Schmerzmittel in die Höhe.

Hast Recht, sagte Xaver und nahm ihm die Bandage ab. Eben wollte er erklären, wie sich der Abtransport dank eines selbstgebauten Akijas bewerkstelligen ließe (wollen wir sehen, wer ein Trottel ist, dachte er), als Anna aufschrie. Alle drei wandten sich ihr zu, Mathoi vom Fenster, wo er erneut mit dem Hämmern begonnen hatte, Flo und Xaver von der anderen Seite des Raums. Sie sah zu Boden. Dort verlief ein dunkler Strich, dann ein zweiter. Noah hockte im Schein der Flamme auf dem Diwan. Er öffnete seine Hand, daraus fiel das Ästchen.

Aus dem Bein kam ein weiterer Strahl. Wie absurd. Xaver wusste um die Bedeutung, aber was genau sich dahinter verbarg, das konnte er sich nicht erklären, wollte er nicht. Noah hatte sich den Ast herausgerissen und dabei die Arterie ... Er erstickte diesen Gedanken, spürte im eigenen Körper eine eigentümliche

Wärme. Als würde sein Innerstes heißlaufen, als würde etwas in ihm darauf warten, in Bewegung gesetzt zu werden. Über die Bodenbretter zogen sich die dunklen Spritzer, drei, jetzt vier. Flo starrte von Noah zu Xaver. Alter, sagte er.

Da sprang Mathoi an ihnen vorbei. Ein mächtiger Satz und er war auf dem Diwan, auf dem Jungen, er packte zu, die Pranken um die Wunde geschlossen. Xaver erinnerte sich an seine Kraft, wie wenig er heute Morgen dagegen auszurichten vermocht hatte. Und jetzt reagierte auch er, endlich. Wenige Schritte und er war neben dem Einsiedler. Der Eisengeschmack im Mund ließ sich auch durch mehrmaliges Schmatzen nicht vertreiben. Adern traten auf Mathois Armen hervor, zwischen den Fingern eine dünne Spur Blut. Er gab ein tiefes Grummeln von sich und sah Xaver an. Keine Güte mehr in seinen Augen, nichts von dem, was seiner rauen Art bisher widersprochen hatte. Stattdessen eine drängende Aufforderung.

Xaver klaubte das Ästchen auf, es war fingerlang und an einem Ende nass, verfärbt. Flo eilte vom Tisch mit dem Verbandszeug her, in eine Mullbinde steckte Xaver das Stück Holz. Als Mathoi die Hände wegriss, drückte er damit auf das Loch, so fest er konnte. Der weiße Stoff netzte sich rot. Komm schon, stärker, rief der Einsiedler und warf das Geschirrtuch fort, umfasste Noah unterhalb der Leiste.

Einen aus dem Ziegenverhau geholten Strick führte

Anna zwischen Mullbinde und Mathois blutverfärbten Pranken um das Bein, ihre Finger zitterten. Ein Knoten, ein zweiter, der Strick schnitt tief in die Haut. Sie gab dem Jungen Ohrfeigen, sieh mich an, rief Anna, lass die Augen offen.

Übernimm, schrie Xaver Flo zu, und mach dich so schwer wie möglich. Er schnappte sich die Axt und lief hinaus und zertrümmerte die Maschine. Die Hacke sauste darauf nieder, löste die beiden Längshälften auseinander. Xaver schlug die Querstreben fort und zerrte jene Seite, an der das breite Glockenband hing, in die Hütte. Vom Tisch holte er Nägel und von der Vorhangstange die orange Wolldecke. Das lose Ende des Glockenbandes machte er am unteren Balken fest, es würde als zusätzliche Sicherung dienen, und er spannte die Wolldecke zwischen den Pfosten, nagelte sie an. Das sollte reichen, das musste reichen, als improvisierte Bahre war es stabil genug.

Er eilte zum Diwan, nahm Noahs linke Hand in die seine. Ein schwacher Puls war zu erahnen. Zwischen den Lidern ein Strich Augenweiß. Neben sich das angestrengte Schnaufen Flos, der all sein Gewicht auf den Oberschenkel legte. Das abgeschnürte Bein war erschreckend fahl. Wieder tastete er das Gelenk nach dem Pochen ab.

Mach was, zischte Flo, mach was.

Anna kniete an Noahs rechter Seite. Während Flo seine Hände rasch von der Wunde hob, bandagierte sie die Mullbinde. Mathoi wischte sich übers Gesicht, als würde er aufzuwachen versuchen. Nein, sagte er und eilte zum Fenstertisch, stopfte sich aus der Schuhschachtel Medaillons in die Hosentasche.

Jemand zählte bis drei, Xaver folgte dem Kommando. Gemeinsam hievten sie Noah auf den Akija, schon war Flo wieder über ihm, auf die Wunde gekauert. Xaver griff die vorderen Latten, zog daran, hinaus bei der offenen Tür. Er feuerte sich selber an, hopp, hopp, mit einem Mal waren sie über der Schwelle. Er stieg in die Schi, schnürte die Stoffbänder fest zu, und stapfte, Noah und Flo mit sich zerrend, zur Kante, von der die Lichtung in den Hang abfiel.

Anna ging mit dem brennenden Werg voran. Die Flamme zuckte in die graudiesige Abenddämmerung. Eine der Zigaretten aus dem Aschenbecher hing zwischen ihren Lippen, bis zum Filter verraucht. Mathoi brachte die Ziege ins Freie, er rief nach Anna. Sie achtete nicht auf ihn, verharrte still am Rand der Lichtung.

Xaver fuhr ab, bloß runter, zur Jochalm und zu Flos Auto. Die Bergrettung war vielleicht noch in der Gegend, oder man träfe auf Tourengeher, was und wen auch immer, bloß runter mit dem Jungen. Er zog eine erste Kurve und versuchte, einen Blick auf Anna zu erhaschen. Die Feuerzunge und dahinter, von schwarzem Qualm teils verdeckt, eine Gestalt, die ihm zu winken schien. Die größere, ebenso unkenntliche Gestalt Mathois tauchte an ihrer Seite auf. Ein weiterer Bogen, und Umrisse und Flamme waren verschwunden. Kein wirklicher Gedanke bemächtigte sich seiner, eher war es ein Bild, das ihn mit Trauer erfüllte: Wie sie aufbrechen würden, zwei Schatten, fort von der Hütte, weiter in die Berge, zwei Schemen zwischen Geröll und Schnee. Mathoi glaubte nicht an Noahs Überleben, und ehe man ihm die Schuld für diese Tragödie geben konnte, haute er ab, und Anna würde mit ihm gehen ...

Flo fluchte, der Einsiedler könne ihn am Arsch lecken, zerhackter Stein, ich fass es nicht. Über die Schulter sah Xaver, wie er sich an die Balken klammerte, ein Knie auf die Wunde gepresst.

Diesmal musste Marlen den Diebstahl bemerken, ihn wunderte, dass er ausgerechnet jetzt daran dachte. Aber was auch immer Marlen sagen würde, es kümmerte ihn nicht, sie brachten den Jungen runter, das war, was zählte. Alles würde sich zum Guten wenden, solange es nur abwärts ging, immer abwärts, und er auf den Schiern war, die Stangen fest in den Händen, im Rücken das Fluchen von Flo, der versuchte, den Druck aufrechtzuhalten, und das Schimpfen ging in ein Flehen über, einen Singsang, der schließlich zu einem Befehl wurde: Xaver, schneller!

Bald wären sie unten, bald wäre Noah in Sicherheit. Flos Stimme wurde von seinem eigenen Atem und vom schleifenden Geräusch der Kanten übertönt, jetzt hatte er den Rhythmus gefunden. Er würde nicht stürzen, das wusste er, dieser Hang noch und die Jochalm wäre erreicht und kurz danach das Auto, dann fehlte nicht mehr viel. Es würde gut ausgehen, wie auch jedes Stück im Theater gut ausging, viel fehlte wirklich nicht mehr, ein paar hundert Meter, ein paar Minuten höchstens, sagte er sich, die Mulden im Schnee erspürend, angetrieben von der Notwendigkeit, Flos verzweifeltem Ausruf zu folgen, schneller zu sein, immer schneller, bei möglichst ruhiger Fahrt, damit Flo sich auf Noah halten konnte und der Akija nicht zerbrach. Ein weiterer Schwung und die Alm tauchte auf, und für einen Moment war durch einen Wolkenriss tief unten das Dorf zu erkennen, eingenestelt in das Tal der Kirchturm, die Hausdächer wie hingeschmiert und die Lichter ein warmes, winziges Leuchten in der beginnenden Nacht.

Helena Adler
Fretten
Roman, 192 Seiten, € 22,–

»Thomas Bernhard hätte geweint vor Freude und Neid. Adler grantelt nicht, sie zaubert wie die schwarze Fee.«
Mario Pschera, *Neues Deutschland*

Dem Elternhaus ist sie mit knapper Not entkommen, da bemerkt sie, die Infantin, die jüngste Tochter des Pleitebauern: Der Provinz entkommt man nicht. Also schließt sie sich einer Bande von Vandalen und Störenfrieden an, die die Provinz in die nahe Stadt tragen, den Schlachthof plündern und in Tierkadavern Drogen schmuggeln. Sie tanzen und sie wüten, sie spielen mit ihren Leben, weil sie es gewohnt sind, zu verlieren. Die Party ist erst aus, wenn die nächste beginnt, das Motto lautet: Überleben. Bis plötzlich nicht nur die eigene Existenz auf dem Spiel steht: Sie schenkt einem Sohn das Leben, sie liebt ihn wie einen Erlöser, und sie wird in ihrer Liebe zu einem Scheusal im Kampf gegen die Sterblichkeit.

Xaver Bayer
Geschichten mit Marianne
192 Seiten, € 21,–

»Ein bitterböses, sehr lustiges Buch über gegenwärtige Geschlechterverhältnisse, unterhaltsam und spannend, doppelbödig und vielschichtig, eine ideale Einstiegslektüre in Bayers Schaffen.« *Falter*

Es beginnt immer bei Null, frisch und unschuldig, mit einem harmlosen Vorhaben, einer nicht ganz alltäglichen Aufgabe oder der Idee zu einem kleinen Abenteuer. Doch alles wird zu einer Prüfung, die als Spiel nur schlecht getarnt ist. Und immer sind es dieselben zwei, er und Marianne, die sich am Ende einer Wirklichkeit ausgesetzt sehen, in die das Unerwartete mit dem ganzen Schrecken eines Alptraums einbricht, der blanke Horror, etwas, das sich ihrer Kontrolle entzieht und dem nicht zu entkommen ist.

Xaver Bayer erzählt das Ungeheuerliche ohne Rührung und mit einer Neugier, die vor keinen Konsequenzen zurückschreckt. Dieser Kompromisslosigkeit verdankt sich eine Literatur, die unsere Haltung zum Leben und dem, woran wir angeblich hängen, auf Herz und Nieren prüft.

Erwin Einzinger
Ein Rucksack voller Steigeisen
Roman, ca. 400 Seiten, 26,–

»Einzinger vermeidet es, die Deutungshoheit über sein Erzählgebilde zu gewinnen. Sein Roman saugt in einem fort Welt an, die er in ihrer Vielfalt und Fülle auf sich beruhen lässt. Er unterwirft diesen Reichtum keiner Ordnung, sondern bringt ihn zum Leuchten.« Gerhard Melzer, *Der Standard*

Wer sagt denn, dass die Welt schon entdeckt ist? Folgt man den Geschichten in *Ein Rucksack voller Steigeisen*, gehen einem die Augen auf: Heiter und kundig, leichtfüßig und doch mit gewichtigem Gepäck durchstreift Erwin Einzinger die Erde, nimmt Abzweigungen und ausgesetzte Panoramarouten. Immer mit dabei: Romane, Sagen und Legenden für die Lektüre unterwegs, und die Musik, die man sich als Soundtrack im Hintergrund vorstellen kann. Zwischen Geröllfeldern, Talschlüssen und Gletscherzungen macht er sich auf den Weg zu Orten und Menschen, die man in der Literatur selten findet. Über den schmalen Grat zwischen Heroischem und Kuriosem tanzt dieses Buch mühelos hinweg.

Elias Hirschl
Hundert schwarze Nähmaschinen
Roman, 336 Seiten, € 24,–

»Der Geniestreich eines jungen Mannes. Wenn es ihn nicht gäbe, müsste man ihn sich wünschen dürfen.«

Darmstädter Jury

Den Zivi nennen alle nur den Zivi, die sogenannten Betreuer in der Wohngemeinschaft für psychisch Kranke, wo er seinen Zivildienst ableisten soll, nicht anders als die sogenannten Klienten. Die Schule hat er hinter sich, vorbereitet hat sie ihn aber nicht auf das, was ihn erwartet. Dass es verrückt zugeht, okay. Aber dass es ihm zunehmend schwer fällt zu erkennen, warum die Betreuer Betreuer und keine Klienten sind, macht ihm zu schaffen. Zumal er bald selbst nicht mehr weiß, wohin er gehört, so sehr läuft in seinem Leben plötzlich alles aus dem Ruder.

In diesem aberwitzig einfallsreichen, grandios schrägen Roman sind viele Schrauben locker. Elias Hirschl zieht sie an, bis die Zähne vor Lachen knirschen, und dreht sie dann alle noch ein Stück weiter.

Florjan Lipuš
Schotter
140 Seiten, €20,–

»Florjan Lipuš' Meisterwerk *Schotter* ist Mahnmal, Erinnerungskunst, Klageepos, schwebende Poesie – ein Buch, das viele Bücher ist.« Wolfgang Paterno, *profil*

Der Schotter, den Florjan Lipuš hier beschwört, bedeckt die ansonsten leere Fläche zwischen den Baracken eines Frauenkonzentrationslagers. Es könnte das KZ Ravensbrück sein, wo seine Mutter ermordet wurde, nachdem sie als Partisanen verkleidete Gestapo-Männer bewirtet hatte. Es könnte aber auch jedes andere sein, wo die aussortierten, ausgemergelten Frauen Stunde um Stunde ihres schwindenden Lebens Appell stehen. Jahre später stehen hier die »Gedächtnisgeher«, »Ausflügler« nachfolgender Generationen auf der Suche nach etwas, von dem es kaum noch Spuren gibt, in der Hoffnung, dass sich ihnen etwas offenbart. Die unbekannte Großmutter etwa: Sollen die Enkelkinder, die ihr die schön gewachsenen Körper verdanken, sie duzen oder siezen? Doch die Großmutter erscheint ihnen nicht, alles, was sie finden, ist Schotter. Und im Dorf, in das sie zurückkehren, begegnet man ihnen mit Misstrauen und Schweigen.

Gudrun Seidenauer
Libellen im Winter
Roman, ca. 432 Seiten, € 24,-

»Ein beeindruckend dichtes, vielschichtiges und wahrhaftiges Stück Literatur.« Kirstin Breitenfellner, *Falter*

Was die drei Frauen zusammenführt und zu Freundinnen fürs Leben macht, sind Männer, der Krieg und ein Toter. Auf einem Feld unweit von Wien wird die Leiche eines amerikanischen Soldaten gefunden. Grete, die als Dolmetscherin für die US-Behörden arbeitet, findet Haare in der Hand des Toten, die sie bald auf die Spur von Vera bringen: Diese hat sich inzwischen nach Wien abgesetzt, wo sie Mali kennenlernt, die sie bei sich aufnimmt. Mali wiederum hat sich mit ihrem Sohn Robert vor der Roten Armee zu ihrer Tante in die Stadt geflüchtet. Davongelaufen ist sie auch vor dem Vater des Kindes, der Liebe ihres Lebens, den sie Robert verschweigt, auch dann noch, als er eines Tages vor ihrer Tür steht. Nur mit Vera und Grete teilt Mali ihr Geheimnis. Denn auch die Freundinnen haben welche.

Eva Schmidt
Die Welt gegenüber
Erzählungen, 224 Seiten, € 22,-

»Hier ist eine Autorin am Werk, die einen durchdringenden Blick auf Menschen wirft – und darum weiß, dass sie sich von ihnen fernzuhalten hat.« SWR Bestenliste

Die Menschen, von denen Eva Schmidt in ihren Büchern erzählt, sind Nachbarn, Menschen, die neben anderen Menschen leben, einander nah genug, um sich einsam zu fühlen, weit genug voneinander, um sich zu beobachten: aus Neugier, aus dem Bedürfnis nach Berührung oder Intimität, aus Lust an der Überschreitung. Von ihnen erzählt Eva Schmidt mit Empathie und Zurückhaltung, nüchtern und beteiligt zugleich. Der Blick, den sie auf ihre Figuren hat, und die Sprache, in der sie lebendig werden, sind provozierend klar. So klar, dass darin nach und nach Ahnungen spürbar und Risse erkennbar werden, sodass noch das Alltäglichste in unserem Leben in eine gespenstische Atmosphäre kippt und in ein Erschrecken darüber, wie allein wir sind.

Anna Maria Stadler
Maremma
Roman, 240 Seiten, € 23,–

»*Maremma* ist ein Buch von elegantem sprachlichem Understatement, das seine Geheimnisse nie gänzlich preisgibt, und das gerade dadurch vieles sehr deutlich zeigt.«

Jurybegründung, Shortlist Debütpreis zum Österreichischen Buchpreis

Sie sind jung, aber erwachsen, kennen einander seit ihrer Kindheit. Sie sind zusammen groß geworden, haben inzwischen aber ihre eigenen Leben, eine von ihnen sogar ein Kind. Die Entfernung zwischen ihnen wächst, trotzdem verbringen sie wie jeden Sommer ein paar Tage am Wasser. In einer Woche auf einem Campingplatz in der italienischen Maremma, einer Landschaft am Rand der Wildnis zwischen Meer und Land, beobachtet Esther, wie die Dinge nach und nach in Bewegung geraten. Vor ihren Augen, in einer Gegenwart der Zeitenwende, wird der feste Boden der Gewissheiten brüchig, lösen sich Bindungen, verschieben sich Ordnungen, sinkt alles langsam zurück in Unentwirrbares.

Anna Maria Stadler erzählt von den Erwartungen, Enttäuschungen und Ängsten von Menschen, die sich in den Trümmern einer Welt einrichten müssen, in der sämtliche Selbstverständlichkeiten ihres Aufwachsens nach und nach erodiert sind.

Daniel Wisser
Löwen in der Einöde
Roman, 128 Seiten, € 17,–

»Ich habe viel gelacht. So ein trauriges Buch. Und wie klar und räumlich einem die Welt dabei wird, fast wird man selbst durchsichtig beim Lesen.« Clemens Setz

Michael Braun geht seine Lateinnachhilfelehrerin ein Leben lang nicht aus dem Kopf: Es ist die Geschichte einer unerfüllten Liebe. Als sie, Alies, plötzlich spurlos verschwindet, bleibt Braun nur die Erinnerung an schüchterne Küsse, eine Schwäche für exotische Frauen und die Frage, was mit ihr geschehen ist. Nicht dass er sich in all den Jahren bemüht hätte, das Rätsel zu lösen: erstens hatte er Angst vor den Löwen von Alies Nachbarn, der sich selbst zum Dompteur ausbilden wollte, zweitens vor ihrem cholerischen Ehemann, der die Löwen irgendwann erschossen hat. Und drittens ist Braun einer, dessen Kindheitshelden Menschen sind, die 139 Tage im Weltraum ausharren oder 18 Tage ohne Essen und Trinken vergessen in einer Gefängniszelle überleben. Und ein bisschen so ist auch Braun geworden: Er harrt aus in seiner Beziehung. Bis Alies Ehemann eines Tages tot zusammenbricht und ihm die Schlüssel zu dessen Haus in die Hände fallen: Jetzt endlich ist der Moment gekommen, um sie zu retten und sich selbst zu befreien …